U0820393

语文教师小丛书

语文教师小丛书

谈新诗

废名　著

商务印书馆
创于1897 The Commercial Press
2018年·北京

图书在版编目（CIP）数据

谈新诗 / 废名著 .—北京：商务印书馆，2018
（语文教师小丛书）
ISBN 978-7-100-15984-5

Ⅰ. ①谈… Ⅱ. ①废… Ⅲ. ①新诗—诗歌研究—中国
Ⅳ. ① I207.25

中国版本图书馆 CIP 数据核字（2018）第 056185 号

权利保留，侵权必究。

语文教师小丛书
谈新诗
废名 著

商 务 印 书 馆 出 版
（北京王府井大街 36 号 邮政编码 100710）
商 务 印 书 馆 发 行
北京市十月印刷有限公司印刷
ISBN 978 - 7 - 100 - 15984 - 5

2018 年 6 月第 1 版　　开本 787 × 1092　1/32
2018 年 6 月北京第 1 次印刷　　印张 9 1/2
定价：34.00 元

出版说明

本馆历来重视教育，自1897年创立迄今，以“昌明教育，开启民智”为宗旨，始终肩负中国新教育出版重任，编辑出版中小学、大学各科教科书，教学参考书，师范用书，移译各国教育书籍，分类编纂，精益求精，尤为教育界所欢迎。

我们确信，无论时代潮流如何变迁，教师始终应当具备丰富的文化知识。语文学科具有基础性和综合性的特点，语文教师尤其需要广泛吸取各类有益的思想文化知识，充实自己的头脑。承载这类知识的图书品种十分丰富。那些为语文教师所公认的经典好书，蕴含着丰富的知识思想和学术价值，值得反复阅读。过去，这些书或以单行本印行，或收入其他丛书，从语文教师文化知识积累角度而言，难成系统，不便于收集和查考。为此，我们在广泛征求意见的基础上，从满足语文教师专业成长需要出发，选择语文教育相关领域中为学界所公认和熟知的大家经典，汇编成“语文教师小丛书”，陆续编辑，分辑印行，以期相得益彰，蔚为大观，既便于教师研读查考，又有利于文化积累。

晚清教育家张之洞说过："读书宜有门径。泛滥无归，终身无得；得门而入，事半功倍。"愿这套丛书能够为语文教师指示一条读书的小径。希望海内外教育界、知识界、读书界给我们批评、建议，帮助我们把这套丛书出好。

商务印书馆编辑部

2017 年 1 月

废名为什么要谈新诗？

冷　霜

一

“废名君的著作在现代中国小说界有他独特的价值者，其第一的原因是其文章之美。”1931年，周作人在《〈枣〉和〈桥〉的序》里曾这样称赞他爱徒废名的小说，而这个自称“写小说同唐人写绝句一样”的作家，也的确在中国现代文学史上留下了魅力独具的身影。废名二十世纪二三十年代出版的短篇小说集《竹林的故事》《桃园》《枣》和长篇小说《桥》，开辟了现代乡土小说的另一路向，成为后世诗化小说、散文化小说的滥觞，另外两部长篇小说《莫须有先生传》《莫须有先生坐飞机以后》也构成“五四”以降知识分子在现代中国动荡不安历史中精神轨迹的一份生动记录。尤其因为废名对于小说文体的精心营求，其风格摇曳多姿，或朴讷冲淡，或奇僻生辣，在小说美学上极具个性，也使他在中国现代小说家中形成难与他人混淆的独异形象。

不过，废名的文学成就并不止于小说，在现代散文、新诗和诗歌理论等方面，他也都有杰出的贡献。与他的小说创作一样，这些贡献不仅在其一贯的“文章之美”，也源自他长于深思，不肯人云亦云，而展现出观念认识上的鲜明创造性。在这方面，他的《谈新诗》就是一个很好的例子。

《谈新诗》是废名 1930 年代中期在北京大学国文系担任讲师讲授“现代文艺”课时的讲义，最初共十二章。后来由他的学生黄雨编定，周作人作序，于 1944 年 11 月在北平新民印书馆出版。由于其时北平正处于沦陷之中，此后沦陷区文学也长时间不被注意，知者甚少。1946 年北大复校后，废名从家乡黄梅返回北大任教，又续写了四章，生前亦未公开发表。直至 1984 年，人民文学出版社将前后两部分收集在一起，连同废名 1934 年发表的《新诗问答》一文，再度以《谈新诗》为名出版，废名的新诗观念才为越来越多的读者所知。今天，对废名诗论在新诗史上所具有的独特价值，学界已形成了普遍的共识。

据废名友人程鹤西回忆，废名在开始讲新诗之前，曾向时为北大国文系主任的胡适请教如何讲好这门课，胡适建议他按当时刚出版不久的《中国新文学大系》来讲，而废名“大有不以为然的意味”。胡适是白话新诗的开创者，在《中国新文学大系》里也收入了他的《谈新诗》《〈尝试集〉自序》等阐述其白话诗观念的文章，而从废名的态度，也从其《谈新诗》讲义内容可以看到，他不仅不认同胡适的白话诗观念，而且显示出对后者的批判。这种批判意识也并不始自他在大学课堂讲新诗的前夕，而是有一个逐渐形成和明确的过程，它的形成与他对早期新诗发展状况，尤其是1930年代中期诗坛风气的观察有关，有着明显的针对性。

二

《谈新诗》讲义中写于1930年代的部分共有十二讲，分别涉及胡适、沈尹默、刘半农、鲁迅、周作人、康白情、“湖畔四诗人”、冰心、郭沫若的诗。就范围而言，所讨论的主要是“五四”时期的新诗。从结构来看，开头两讲从胡适的《尝试集》谈起，第三、四讲《新诗应该是自由诗》《已往的诗文学与新诗》则从胡适的诗伸展开去，对胡适的白话诗观、白话文学史观以及早期新诗的实践给以概括性的批评，就此正面提出他的新诗观念，并借助考察“中国已往的诗文学”来进一步阐说他的诗观。可以说，这四讲相当于这部讲义的总论，而此后的八讲在评析其他诸位诗人的作品时则不断地对其诗观加以引申和发挥。

废名新诗观念的要点，是在对比和区分新旧诗的基础上，辨明和重新确立新诗的本体：“如果要做新诗，一定要这个诗是诗的内容，而写这个诗的文字要用散文的文字。已往的诗文学，无论旧诗也好，词也好，乃是散文的内容，而其所用的文字是诗的文字。”这个观点他在此前的《新诗问答》中已表达过，而在《谈新诗》讲义里，废名为他所谓“诗的内容”“散文的内容”提供了一些更具体的说明：

> 什么叫做诗的内容，什么叫做散文的内容，我想以后随处发挥，现在就《蝴蝶》这一首新诗来做例证，这诗里所含的情感，便不是旧诗里头所有的，作者因了蝴蝶飞，把他的诗的情绪触动起来了，在这一刻以前，他是没有料到他要写这一首诗的，等到他觉得他有一首诗要写，这首诗便不写亦已成功了，因为这个诗的情绪已自己完成，这样便是我所谓诗的内容，新诗所装得下的正是这个内容。若旧

> 诗则不然，旧诗不但装不下这个诗的内容，昔日的诗人也很少有人有这个诗的内容，他们做诗我想同我们写散文一样，是情生文，文生情的，他们写诗自然也有所触发，单把所触发的一点写出来未必能成为一首诗，他们的诗要写出来以后才成其为诗，所以旧诗的内容我称为散文的内容。[①]

之后他又在多处谈到他对新旧诗差异的这种看法，同时反复重申这个“诗的内容”之于新诗的紧要。在第四讲《已往的旧文学与新诗》中，他借评论温庭筠的词作表达了他对新诗之“诗的内容”的理想：

> 温庭筠的词不能说是情生文文生情的，他是整个的想象，大凡自由的表现，正是表现着一个完全的东西。好比一座雕刻，在雕刻家没有下手的时候，这个艺术的生命便已完全了，这个生命的制造却又是一个神秘的开始，即所谓自由，这里不是一个酝酿，这里乃是一个开始，一开始便已是必然了，于是在我们鉴赏这一件艺术品的时候我们只有点头，仿佛

---

① 见本书正文第 6—7 页。

这件艺术品是生成如此的。[①]

虽然并没有给出一个严格的定义，这些文字还是为我们提示了理解废名新诗观中“诗的内容”“散文的内容”这对关键概念的线索。在废名这里，“诗的内容”不能是“情生文文生情”的，不能只有“调子”，因为这些正是“散文的内容”的表现，它应该是“当下完全”“不写亦已成功”“表现着一个完全的东西”的，按照当代诗人、诗歌批评家西渡的分析，废名反复强调的“诗的内容”，其内涵也可以用他曾提到的“实感”一词来概括，即“写作主体真实的、不带虚饰的内在体验”，这个“实感”的有无，是废名判断新诗的一个严格的界限。而这个“实感”在废名的新诗观念中具有这样几层含义：首先，它应该表现着作者的个性，废名对旧诗乃至“已往的诗文学”与新诗的区分，其根本着眼点在于从诗歌观念上将以“修辞”为核心的古典诗学与以“表现”为核心的现代诗学区别开来，在废名的认识里，对写作者个性的“自由表现”可谓新诗的本质特征。其次，这个“实感”必须具有独创性，废名虽然没有直接使用“创新”等语汇来评价新诗作品，

① 见本书第35—36页。

但他常用“朝气”“新鲜”“古风”这些说法来表示他对诗感的独创性的赞赏，在评论刘半农《扬鞭集》和“湖畔诗人”的作品时，废名甚至提出，假如诗感新鲜而有生气，则技巧的不成熟是次要的：“这个幼稚却正是新诗的朝气，诗里的情感无有损失了”。此外，这个“实感”在废名这里还具有某种直觉的性质，废名常用“当下相见”“当下完成”“一拍便成”“忽然而来”等说法，如所谓“当下便成为完全的诗”，都是在强调这种诗感的直觉性质。

从另一个方面，我们也可以把废名所谓“诗的内容”与他使用的另一个概念“诚”联系起来。同样是在评论“湖畔诗人”时，废名写到：“中国的新文学，在自己知道要解放之后，其命脉便在作者依附着修辞立其诚的‘诚’字，新文学便自然而然的发展开了。……后来做新诗的人，架子好像更大，其实反而受了一层障碍，因为不免是成心要做新诗，而又一样的对于诗没有一个温故知新的认识，只是望了外国的诗行做依傍，可谓毫无原故，较之当初康白情写《草儿》以及湖畔诗社几个年青人的诗，我以为还稍缺乏一个‘诚’字。”这里是从写作者的主体态度来说的，在废名看来，如果能做到“修辞立其诚”，将一己诗感“自由的表现”出来，则其作品必然会获得其个性和独创性。

废名对新诗之“诗的内容”的强调，是建立在对胡适白话诗观和“新月派”格律诗观的双重批判之上的。在他看来，胡适倡导的白话诗运动虽然确立起“修辞立其诚”的方向，却由于把白话诗的认识重心更多放在“白话”，忽视了“诗”之一字；而“新月派”的格律诗路线则背离了新文学与新诗借以发生的历史动机，有可能在外在形式的讲求中重新回到旧诗只有“诗的文字”而无“诗的内容”的老路。换言之，白话或“散文的文字”是新诗的必要条件，仅有它并不能保证新诗诗质的充足，但离开这一点势必会伤害到新诗的成立。所以，废名说他“朝着诗坛一望，左顾不是，右顾也不是”，他的这种双重批判立场在《新诗应该是自由诗》一讲里表达得最为明确：

> ……老牌的《尝试集》表面上是有意做白话诗而骨子里同旧诗的一派结了不解之缘，后起的新诗作家乃是有心做“诗”了，他们根本上就没有理会旧诗，他们只是自己要做自己的诗。然而既然叫做“做诗”，总一定不是写散文，于是他们不知不觉的同旧诗有一个诗的雷同，仿佛新诗自然要有一个新诗的格式。而新诗又实在没有什么公共的，一定的格式，像旧诗的五言七言近体古体或词的什么调什

> 么调。……与西洋文学稍为接近一点的人又摸索西洋文学里头去了，结果在中国新诗坛上又有了一种“高跟鞋”。[①]

尽管对这两种新诗观念和路线均表现出批判的立场，废名在二者之间也显出态度的分别。在《谈新诗》中可以看到，废名虽然批判胡适的白话诗观，但对胡适开创新诗之功仍给予了充分的肯定，对胡适《尝试集》中的一些作品也作出了非常高的评价，然而提及“新月派”时，他的批评则非常严厉：

> 我在抄选《扬鞭集》的时候，不禁起一种感想，我总觉得徐志摩那一派的人是虚张声势，在白话新诗发展的路上，他们走的是一条岔路，却因为他们自己大吹大擂，弄得像煞有介事似的，因而阻碍了别方面的生机，初期白话诗家的兴致似乎也受了打击了，这不能不说是一件寂寞的事。新月派的诗人，其勤勉虽然可钦，其缺乏反省精神，也只好说是功过相抵，他们少数人的岔路几乎成为整个新诗的一条冤枉

---

① 见本书第 28 页。

> 路，——终于还是此路不通行，故我说是冤枉路。[①]
>
> 后来做新诗的人，虽说是模仿外国的诗行，字句之间却还是旧文人一套习气的缠绕，不是初期新诗质素文章再经过的修辞，这是很可惜的一件事。[②]
>
> ……总之白话新诗写得愈进步，应该也就是白话散文愈进步，康白情与“湖畔”四个少年诗人正是在这条路上开步走了。后来新月一派诗人当道，大闹其格律勾当，乃是新诗的曲折，不明新诗性质之故，我们也就可以说他们对于新诗已经不知不觉的失掉了一个“诚”字，陷于“做诗”的氛围之中，回转头来再看《草儿》与《湖畔》里的诗乃不能不有所感慨了。[③]

可以说，尽管在这十二讲中未设专章评析“新月派”诗歌，但后者却被废名看作新诗的“反动派”，其格律诗观念成为他着重批判的对象。无论是对新诗之“诗的内容”

---

① 见本书第 92 页。
② 见本书第 148 页。
③ 见本书第 149—150 页。

的强调，还是对早期白话诗在“散文的文字”下表现出来的真切诗情、清新诗感的赞赏，背后都是将“新月派”的格律诗作为了对立面。

三

废名的新诗观及其内含的这种批判性是在历史与观念的多重语境下逐渐形成的，这也是为什么他随写随讲，其《谈新诗》讲义却显出开宗明义的清晰面貌的原因。他对胡适白话诗观念和“新月派”格律诗观的双重批判态度，早在他写于1930年代初的《周作人散文钞序》中就已有所表露。实际上，对照废名和周作人的新诗与新文学观念，我们可以发现废名新诗观明显受到来自后者的启发与影响。

具体而言，这种影响至少体现在以下几个层面：首先是关于诗的本质的看法，周作人曾言：“本来诗是‘言志’的东西，虽然也可用以叙事或说理，但其本质以抒情为主。”又表示：“新诗的手法，我不很佩服白描，也不喜欢唠叨的叙事，不必说唠叨的说理，我只认抒情是诗的本分，而写法则觉得所谓‘兴’最有意思，用新名词来讲或可以说是象征。”废名在《谈新诗》中对“诗的内容”的强调，与周作人这种以抒情言志为根底的诗歌主张是一脉相承的。同时，周作人很看重诗在表现上的含蓄，如《论小诗》:“诗的效用本来不在明说而在暗示，所以最重含蓄”，而这也是废名诗论的着眼点之一，在《谈新诗》中，废名使用“诗的写法”与“散文的写法”这对概念所论述的即是与此有关的问题。

而在诗的形式上，周以真实为生命、以抒情为本分的诗歌观念很自然地引导出“思想与形式之间有重大的相互关系，不能勉强牵就，……适当的方法唯有为内容去定外形”的形式观。这与废名的观点也是声气相通，也就是他所说的：“我们的新诗首先要看我们的新诗的内容，形式问题还在其次。”

更深一层，周作人 1930 年代初期在《中国新文学的源流》等一系列文章中透露出来的将刚刚兴起的“普罗文学”与历史上的“载道派”及“八股”文章联系在一起的批评策略，也启发了废名在观察新诗问题时的认识视角，在《〈周作人散文钞〉序》中，他对盛行其时的“新月派”格律诗即毫不客气地指斥其为一种“洋八股”。可知废名在新诗形式、格律问题上的态度与周作人的文艺思想有着深刻的关联。

与此同时，废名自身的文学观在二三十年代之交也经历了一次很重要的变化，发展出他所谓“画梦”的观念，由此格外注重想象、幻想、自由联想的价值，这在小说创作上使他从早期未脱写实的小说作风转向了极尽意念化、“心象”化的《桥》的构造，而在诗歌上，也使他获得了顿悟的狂喜。一方面，他在中国“已往的诗文学”中发现了李商隐、温庭筠一派诗词的价值，另一方面，在1930年代初写出一批迥然不同于以往的新诗之后，他也表现出越来越强烈的言说新诗问题与方向的信心。他在《谈新诗》中对“诗的内容”的阐发，虽然也常涉及经验的切实与否，但更注重具体经验在写作者那里引发的内心活动，从批评实践的角度来看《谈新诗》，废名对诗歌想象、联想逻辑的敏锐捕捉无疑是其最优异的禀赋之一。在相当程度上，他对“诗的内容”或新诗“诗质”的界定，是内含了想象、幻想等因素的，他之所以强调新诗必须要用“散文的文字”来写，也是为了保证这些“诗的内容”的完整性和生动性不致被损害。

然而，在他逐渐形成新的文学观和新诗观的同时，他所身处的1930年代前中期的平津文坛对于新诗发展方向的主导性观念却是与之大异其趣的。在这一时期形成的“京派”文学空间中，关于新诗的讨论占据着一个相当醒目的位置，如沈从文主持的《大公报·文艺副刊》对新诗的兴趣极其浓厚，在作品、批评、理论和译介等各方面都给予了非常多的空间，在1935年秋，更是辟出刊中刊——《大公报·文艺·诗特刊》来增强对新诗问题的讨论，其作者均以平津诗人、学者为主，而朱光潜在他北海后门慈慧殿三号的居所发起的“读诗会”也把以北大、清华两校师生为主体的一些诗人和关注新诗问题的学者联系在一起。参加这个“读诗会”的成员，除周作人、废名、俞平伯等人外，“新月派”老诗人如孙大雨、林徽因及沈从文，受“新月派”影响的年轻诗人卞之琳、何其芳和诗歌观念上较为接近“新月派”或同样持格律诗主张的诗人、批评家与学者如叶公超、罗念生、周煦良、朱光潜、梁宗岱、朱自清、王了一等占据了绝大多数。据沈从文的回忆，“读诗会”的中心议题就是“新诗在诵读上，究竟有无成功可能？新诗在诵读上已经得到多少成功？新诗究竟能否诵读？”显然，它所关注和探索的也是新诗格律方面的问题。

“读诗会”的灵魂人物是朱光潜。他这一时期正在修改他的诗学专著《诗论》，同时也应胡适之邀在北京大学国文系讲授其中的内容，而以新诗的诵读作为“读诗会”的议题，其目的之一正是为了将书稿中的观点放在具体的吟诵实践和讨论中来加以检验。《诗论》一书本身也有着对新诗发展道路的关切，对于胡适“做诗如说话”的主张，朱光潜采取“替诗的音律辩护”的态度，在他的诗学研究中，诗的本体问题很早就成为他思考的对象，而由音律构成的形式被他视为理解这一问题的关键，他在 1930 年代初就专门写文章对“诗是什么”“诗之为诗其不同于散文者为何”等问题给以详尽的讨论，提出“形式可以说就是诗的灵魂，作一首诗实在就是赋予一个形式和情趣”。由此可见他与“新月派”在诗歌观念上颇有相通之处。在《诗论》中，他通过考察中国诗和西方诗各自的发展史，以诗的音乐成分（音）与语言成分（义）之间关系的演变为坐标，意在证明近代以来的诗歌无论中西均处于“在文字本身求音乐”的时期，这也是他有意借助“读诗会”进行新诗诵读实验的原因。他对“诗的音律”的探索，也可说是对“新月派”的新诗格律化主张更学理化、更切合汉语特性的努力。

“形式就是诗的灵魂”，这样的观点无疑是与废名的诗观相冲突的，他在 1930 年代初已有的对“新月派”诗观的批判态度在“读诗会”的氛围中不仅显得很孤立，也必然会受到新的触动。虽然没有直接的证据说明，废名起意谈新诗的动因来自于“读诗会”的激发，但后者偏重形式讨论的旨趣与氛围，很可能正是废名写《新诗问答》一文时的对话语境。他在这篇文章中先是提出：“我想把我的话作一个了结，我的重要的话只是这一句：我们的新诗首先要看我们的新诗的内容，形式问题还在其次。”在结尾时则强调："我不妨干脆的这样说，新诗的诗的形式并没有。"其实是隐含了争辩的意味的，而且，废名以往谈论文学时，更多使用"文字""文章"等带着古代诗文评气味的词汇，几乎从未用过"形式""内容"这些译自西方的"理论"概念，因此它们在《新诗问答》中的出现，很可能正是借自他的潜在对话对象（尤其是朱光潜），而当他用这组概念构造出他的核心观点时，这种争辩的意味就更加显明了。从"形式就是诗的灵魂"到"新诗首先要看内容"，可以说，废名在《谈新诗》讲义中展开的新诗论述正是在与1930年代中期平津诗坛主导性观念的颉颃中逐渐发展成型的。

我们也可以从《谈新诗》论述的另一个重要特征来看它的这种争辩色彩。废名在二三十年代之交经历的文学观的变化里还有一个层次也与周作人有关，几年后他在《谈新诗》讲义中评论周作人的诗时，让我们看到后者在理解新文学的途径与方向上的变化对废名的启发：

> 新文学的质地起初是由外国文学开发的，后来又转为"文艺复兴"，即是由个性的发展而自觉到传统的自由，于是发现中国文学史上的事情都要重新估定价值了，而这次的新文学乃又得了历史上中国

> 文艺的声援，而且把古今新的文学一条路沟通了，远至周秦，近迄现代，本来可以有一条自由的路。这个事实揭穿之后又是一个很平常的事实，正同别的有文学史的国度是一样，一国的文学都有一国文学的传统。只是中国的事情歪曲很多，大约同八股成比例，反动势力永远拨不开，为别人的国度里所没有的现象。周作人先生在新文学运动中，起初是他介绍外国文学，后来周先生又将中国文学史上的事情提出来了，虽然周先生是思想家，所说的又都是散文方面的话，然而在另一方面周先生却有一个“奠定诗坛”的功劳。[①]

从 1920 年代起，周作人逐渐发展出了一种以中国文学自身作为认识新文学展开线索的批评视角，到了《中国新文学的源流》里更是形成了系统化的论述，他那种把中国文学分为“载道”“言志”两路，以此来观察“五四”以后新文学的思路，显然也影响了废名，可以发现，周作人的反“八股”文学的立场，促成了废名对中国古代“诗文学”的理解，并由此概括出旧诗以“文生情”为其本质

① 见本书第 98—99 页。

这一观点。他虽然认为新诗与旧诗的成立依据不同，但又提出新诗“也只是中国诗的一种”，只是“古与今相生长而不相及”而已，这种侧重从中国文学自身脉络观照新文学和新诗的认识视角，内含了一种文化政治立场，他批评“新月派”格律诗为“洋八股”，正是对“新月派”主要借镜西方诗歌来思考新诗前景的做法的不满。

四

废名对“新月派”的批评，显示出在探索新诗发展道路的过程中，两种不同的新诗想象之间的紧张。“新月派”的格律诗观是在对初期白话诗的反思基础之上形成的，废名对新诗格律化流弊的批评，“新月派”诗人并不缺乏自省。早在 1926 年，徐志摩在《诗刊放假》中就写到，“……诗的生命是在他的内在的音节（Internal rhythm），……谁要是拘拘的在行数字句间求字句的整齐，我说他是错了。……否则就容易陷入一种新近已经流行的谬见，就是误认字句的整齐（那是外形的）是音节（那是内在的）的担保。实际上字句间尽你去剪裁个整齐，诗的境界离你还是一样的远着；你拿车辆放在牲口的前面，你那还赶得动你的车？我们还可以进一步说，正如字句的排列有待于全诗的音节，音节的本身还得起原于真纯的‘诗感’。”“（我）已经发现了我们所标榜的‘格律’的可怕的流弊！谁都会运用白话，谁都会切豆腐似的切齐字句，谁都能似是而非的安排音节——但是诗，它连影儿都没有和你见面！”显然，在诗必须要有“真纯的诗感”上二者并无异议，根本的分歧就在于新诗是否需要格律、是否以其作为新诗成立的必要条件。如果将废名诗论放回到他所身处的这一辩驳性的语境中，也可以看出它在新诗形式观念上的某些局限。

废名所说的“形式”，更多的意指着“诗形”或“格式”，即其对话者朱光潜《诗论》中所谓“诗的共同性”或“固定模型”，以及闻一多所主张的“节的匀称与句的均齐”，后来，在读到卞之琳、冯至等人卓越而有着明显格律特征的诗作后，他修正了先前所说的“新诗的诗的形式并没有”的观点，在后来续写的《谈新诗·十年诗草》一讲中他表示：

> 我现在对于新诗的形式问题比以前稍为宽一点，即是新诗也可以有形式，不过这不是根本的事情，根本的事情还是我以前的话，新诗要诗的内容散文的文字。我再一想，新诗本来有形式，它的唯一的形式是分行，此外便由各人自己去弄花样了。因为是散文的文字，同西洋诗的文字一样，要合乎文法，

> 于是形式确是可以借助于西洋诗的形式写成好诗的。卞之琳与冯至的有规律体的诗确是很好了。我自信我没有成见，我是从事实观察，在我以前编讲义的时候，我还没有发现有规律体的好诗。①

废名在新诗格律观念上的这种“退却”，根源于他先前对形式理解上的疏漏，也就是他把“散文的文字”与“自由诗”划上等号，而与诗的格律对立起来，混淆了语言的形态与诗歌体式的分别。在《林庚同朱英诞的新诗》一讲里，对于他喜爱的朱英诞的格律诗，他辩称“是作者帮助方块，并不是方块帮助作者”，但把新诗形式等同于“方块”，在形式认识上显然是有失简单了。

而废名所说的“诗的内容”对诗感的直觉性质的偏重，即所谓“当下便成为完全的诗”，或“一拍便成”“忽然而来”，也形成对新诗中叙事、说理等成分的排斥，带来新诗可能性的缩减。在他的新诗观念里，大概也很难给予长诗一席之地。

尽管存在这些局限，《谈新诗》仍无疑是新诗史上一个极具价值的批评理论文本。它的长处不在于概念的严格、

---

① 见本书第 199 页。

论述的缜密，而在于个性鲜明独树一帜的观念倾向性、生动恣肆的表述和随处生发别具洞见的感悟体会，有着浓郁的“诗人谈诗”的色彩。它对我们认识早期新诗观念的演变、新诗界内部的观念交错与竞争具有不可多得的意义，而它那种援古论今的别开生面的论述方式，不仅在新诗与旧诗关系的认识上提出了新颖的见解，对新诗转化古典诗歌资源的实践也构成了有益的启示。更重要的是，废名对新诗“诗质”的强调，对想象与幻想的看重，直到今天也仍不失其价值，他基于出色的艺术感受力对新诗作品做出的评鉴，以其活泼优美的随笔笔墨出之，对读者也始终葆有一种诗性的吸引。所有这些，使这本小书获得了持久的生命力。

2017年12月写于中央民族大学

目录

一 《尝试集》

要讲现代文艺，应该先讲新诗。要讲新诗，自然要从光荣的《尝试集》讲起。

我们的目的在乎“文艺”，即是说从新文艺创作本身上考察，不是注重新文学运动怎么起来的。我们现在谈《尝试集》，也是谈《尝试集》里面的新诗。大家知道，胡适的《尝试集》，不但是我们的新诗的第一部诗集，也是研究我们的新文学运动首先要翻开的一册书。然而对于《尝试集》最感得趣味的，恐怕还是当时紧跟着新文学运动而起来的一些文学青年。像编者个人就是，《尝试集》初版里的诗，当时几乎没有一首我背不出来的，此刻我再来打开《尝试集》，其满怀的情意，恐怕不能讲给诸位听的了。别的什么倒都可以讲。我就本着我今日的标准从《尝试集》里选出新诗来讲罢。我今日来讲新诗，我自己感觉得是一个很有趣的题目。在这个好题目之下，从头来讲《尝试集》，我自己又感觉得是一个很有趣的题目。且请大家让我慢慢的讲。

看我上面的话，好像我很有把握似的，然而等我真个下手要从《尝试集》里选出几首新诗来，不是普通的选择，选出来要合乎我所假定的新诗的标准，这一来我又很没有把握。怎么样才算是新诗？这个标准在我的心里依然是假定着。《尝试集》里有几首诗，在我的心算里本来也早已选好了，并不待今天再来翻开《尝试集》看。但是，等到今天我把《尝试集》初版同四版都看了一遍，并且看了一看《中国新文学大系·建设理论集》里胡适之先生自己论诗的文章，我乃自己觉得自己很可笑，我所干的大约真是一件冒险的事情，不敢说是有把握了。因为是我尊重“戏台里喝采”的，作者自己的话总比旁人靠得住些。我再一想，我的意见实在并不是同作者相反的，胡适之先生在论诗的文章里所谈的是做诗的技巧，我所注意的乃是中国自有新诗以来十几年内新诗坛上有了许许多多的诗，因而引起了我的一种观察，什么样才是新诗。本着这个观点我来选《尝试集》里的诗，到底我还是觉得有趣的。至于我这个观点靠不靠得住，也无妨就算我这一番工作是“灵魂的冒险”，等我把“新诗”这个总题目讲完了，然后是非付之公论。《尝试集》里我所选的第一首诗，就是《尝试集》增订四版第一首：

蝴　蝶

两个黄蝴蝶，双双飞上天。
不知为什么，一个忽飞还。
剩下那一个，孤单怪可怜；
也无心上天，天上太孤单。

（五年八月二十三日）

提到这一首《蝴蝶》，我不由得记起一件事情，大约是民国六七年的时候，我在武昌第一师范学校里念书，有一天我们新来了一位国文教师，我们只知道他是从北京大学毕业回来的，又知道他是黄季刚的弟子，别的什么都不知道，至于什么叫做新文学什么叫做旧文学，那时北京大学已经有了新文学这么一回事，更是不知道了，这位新来的教师第一次上课堂，我们眼巴巴的望着他，他却以一个咄咄怪事的神气，拿了粉笔首先向黑板上写"两个黄蝴蝶，双双飞上天……"给我们看，意若曰，"你们看，这是什么话！现在居然有大学教员做这样的诗！提倡新文学！"他接着又向黑板上写着"胡适"两个字，告诉我们《蝴蝶》

便是这个人做的。我记得我当时只感受到这位教师一个“不屑于”的神气，别的没有什么感觉，对于“两个黄蝴蝶，双双飞上天”，没有好感，亦没有恶感，不觉得这件事情好玩，亦不觉得可笑，倒是觉得“胡适”这个名字起得很新鲜罢了。这位教师慢慢的又在黑板上写一点“旧文学”给我们看，先写晏几道的“梦后楼台高锁……”，再写元人小令“枯藤老树昏鸦，小桥流水人家，古道西风瘦马，夕阳西下，断肠人在天涯”，称赞这都是怎么好。当时我对这个“枯藤老树昏鸦”很觉得喜欢，而且把它念熟了，无事时便哼唱起来。我引这一段故事，并不是故意耽误时间，倒是想借这一件小事情发一点议论。我现在的意见是同那一位教师刚刚相反，我觉得那首《蝴蝶》并不坏，而“枯藤老树昏鸦”未必怎么好。更显明的说一句，《蝴蝶》算得一首新诗，而“枯藤老树”是旧诗的滥调而已。我以为新诗与旧诗的分别尚不在乎白话与不白话，虽然新诗所用的文字应该标明是白话的。旧诗有近乎白话的，然而不能因此就把这些旧诗引为新诗的同调。好比上面所引的那首元人小令，正同一般国画家的山水画一样，是模仿的，没有作者的个性，除了调子而外，我却是看不出好处来。同类的景物描写，在旧诗里尽有佳作，如什么“淡黄杨柳带栖鸦”，什么“古道无人行，秋风动禾黍”，又如有名的“乐游原上清秋节，咸阳古道音尘绝，音尘绝，西风残照，汉家陵阙”，都很好，都不只有调子，里头都有性情。胡适之先生在《谈新诗》一文里，也称引了那首元人小令，说：“这是何等具体的写法！”其实像这样的诗正是抽象的写法，因为它只是调子而已。如果因为它近乎白话的原故，把它算做白话诗，算做新诗，则我们的新诗的前途很是黯淡，我们在旧诗面前简直抬不起头来。这个意思就这样简单说几句。我们还是来讲《尝试集》里《蝴蝶》一诗。我觉得《蝴蝶》这首诗好，也是后来的事，我读着，很感受这诗里的内容，同作者别的诗不一样，我也说不出所以然来，为什么这好像很飘忽的句子一点也不令我觉得飘忽，仿佛这里头有一个很大的情感，这个情感又很质直。这回我为得要讲“现代文艺”这门功课的原故，从别处搬了十大本《中国新文学大系》回来，在《建设理论集》里翻开第一篇《逼上梁山》来看，（这篇文章原来是《四十自述》的一章，以前我没有读过）作者关于《蝴蝶》有一段纪事，原来这首《蝴蝶》乃是文学革命这个大运动头上的一只小虫，难怪诗里有一种寂寞。我且把《逼上梁山》里面这一段文章抄引下来：

有一天，我坐在窗口吃我自做的午餐，窗下就是一大片长林乱草，远望着赫贞江。我忽然看见一对黄蝴蝶从树梢飞上来；一会儿，一只蝴蝶飞下去了；还有一只蝴蝶独自飞了一会，也慢慢的飞下去，去寻他的同伴去了，我心里颇有点感触，感触到一种寂寞的难受，所以我写了一首白话小诗，题目就叫做《朋友》(后来才改作《蝴蝶》)：

两个黄蝴蝶，双双飞上天。
不知为什么，一个忽飞还。
剩下那一个，孤单怪可怜；
也无心上天，天上太孤单。

这种孤单的情绪，并不含有怨望我的朋友的意思。我回想起来，若没有那一班朋友和我讨论，若没有那“一日一邮片，三日一长函”的朋友切磋的乐趣，我自己的文学主张决不会经过那几层大变化，决不会渐渐结晶成一个有一系统的方案，决不会慢慢的寻出一条光明的大路来。……

这一段纪事，我觉得可以帮助我说明什么样才是新诗。我尝想，旧诗的内容是散文的，其诗的价值正因为它是散文的。新诗的内容则要是诗的，若同旧诗一样是散文的内容，徒徒用白话来写，名之曰新诗，反不成其为诗。什么叫做诗的内容，什么叫做散文的内容，我想以后随处发挥，现在就《蝴蝶》这一首新诗来做例证，这诗里所含的情感，便不是旧诗里头所有的，作者因了蝴蝶飞，把他的诗的情绪触动起来了，在这一刻以前，他是没有料到他要写这一首诗的，等到他觉得他有一首诗要写，这首诗便不写亦已成功了，因为这个诗的情绪已自己完成，这样便是我所谓诗的内容，新诗所装得下的正是这个内容。若旧诗则不然，旧诗不但装不下这个诗的内容，昔日的诗人也很少有人有这个诗的内容，他们做诗我想同我们写散文一样，是情生文，文生情的，他们写诗自然也有所触发，单把所触发的一点写出来未必能成为一首诗，他们的诗要写出来以后才成其为诗，所以旧诗的内容我称为散文的内容。像陈子昂《登幽州台歌》：

> 前不见古人，后不见来者，念天地之悠悠，独怆然而涕下。

便是旧诗里例外的作品，正因为这首诗是诗的内容。旧诗五七言绝句也多半是因一事一物的触发而起的情感，这个情感当下便成为完全的诗的，如：

> 木末芙蓉花，山中发红萼。涧户寂无人，纷纷开且落。

又如：

> 窗[1]前明月光，疑是地上霜。举头望明月，低头思故乡。

大约都是，但这些感情都可以用散文来表现，可以铺开成一篇散文，不过不如绝句那样含蓄多致罢了。这个含蓄多致又正是散文的长处。古诗如陶渊明的诗又何尝不然，一首诗便是一篇散文，而诗又写得恰好，若一首新诗的杰作，决不能用散文来改作，虽然新诗并没有什么严格的诗的形式。这件事情未免有点古怪。我尝想，我们的新诗的前途很光明，但是偶然发现了这一线的光明，确乎是“尝试”出来的，虽然同胡适之先生当初用那两个字的意思有点不同。我又想，我们新文学的散文也有很光明的前途，旧诗的长处都可以在新散文里发展。这里头大概是很有一个道理，此刻只是顺便说及罢了。关于我所谓诗的内容在这里

---

① “窗”多作“床”。——编者注

我还想补足一点，旧诗绝句有因一事的触发当下便成为诗的，这首诗的内容又正是新诗的内容，结果这首旧诗便失却它的真价值，因为这里容纳它不下，好像它应该是严装，而它便装了，不过这种例子很难得，我一时想起的是李商隐的一首绝句："东南一望日中乌，欲逐羲和去得无？——且向秦楼棠树下，每朝先觅照罗敷！"这首诗是即景生情，望着远远的太阳想到什么人去了，大约真是天涯一望断人肠，于是诗人就做起诗来，诗意是说，追太阳去是不行的，——这是望了今天的太阳而逗起的心事，于是又想到明天早晨"日出东南隅"，在那个地方有一个人儿，太阳每天早晨都照着她罢！这首诗简直是由一个夕阳忽而变为一个朝阳，最不可及，然而读者容易当作胡乱用典故的旧诗，这样的诗的内容旧诗实在装不下，结果这首旧诗好像文胜质，其实它的质很重。我引这个例子是想从反面来说明我所谓诗的内容，不过话已经离题目远了。《尝试集》里我想选的第二首诗是《四月二十五夜》，我注意这首诗是读《初期白话诗稿》的时候，《尝试集》四版里这首诗却已删去了，现在我照《初期白话诗稿》引了来：

四月二十五夜

吹了灯儿，卷开窗幕，放进月光满地。

对着这般月色，教我要睡也如何睡？

我待要起来，遮着窗儿，推出月光，又觉得有点对他月亮儿不起。

我整日里讲王充，仲长统，阿里士多德，爱比苦拉斯，……几乎全忘了我自己。

多谢你殷勤好月，提起我当年哀怨，过来情思。

我就千思万想，直到月落天明，也甘心愿意。

怕明夜云密遮天，风狂打屋，何处能寻你？

这首诗真是写得很好。句子也好，才情也好。我羡慕不置。真是“即使杀了我，我也做不出来。”最后一句“怕明夜（按，《尝试集》初版作“明朝”）云密遮天，风狂打屋，何处能寻你？”其实是多余的，可以不要，作者的诗的情感写到“直到月落天明，也甘心愿意”已经完成了。我觉得这首诗可以算得《尝试集》里的新诗，这样诗的内容不是旧诗所装得下的。这首诗同那首《蝴蝶》是一样，诗之来是忽然而来，即使不写到纸上而诗已成功了。又难得写得那么好。像“放进月光满地”的句子真是写得同水银一样。“推出月光”一句也美丽得很。最后的“直到月落天明，也甘心愿意”来得响亮明净，可惜作者没有就此打住。

二 《一颗星儿》

《一颗星儿》，也是我所想选的《尝试集》里的新诗：

一颗星儿

我喜欢你这颗顶大的星儿，
可惜我叫不出你的名字。
平日月明时，月光遮尽了满天星，总不能遮住你。
今天风雨后，闷沉沉的天气，
我望遍天边，寻不见一点半点光明，
回转头来，
只有你在那杨柳高头依旧亮晶晶地。

（八年四月二十五夜）

这样的诗，都是作诗人一时忽然而来的诗的情绪，因而把它写下来。这个诗的情绪非常之有凭据，作者自己拿得稳稳的，读者在纸上也感得切切实实的。这样的诗在旧诗里头便没有，旧诗不能把天上一颗星儿写下这许多的行句来。我前次说旧诗是情生文，文生情的，好比关于天上的星儿，在一首旧诗里只是一株树上的一枝一叶，它靠枝枝叶叶合成一种空气。“愁多知夜长，仰观众星列”，这未必是作诗人当下的感兴，或者是前几天的事情今夜酝酿起来了，最重要的是它还有上文，还要有下文。“月明星稀，乌鹊南飞”也是如此。“星垂平野阔，月涌大江流”“春山烟欲收，天淡星稀小，残月脸边明，别泪临清晓”，都是如此。写到这里我记起一个故事，一天夜里唐朝诗人孟浩然同许多诗人在一个地方游玩，其时秋月新霁，大家联起诗来，轮到这位孟夫子头上，他得句曰：“微云淡河汉，疏雨滴梧桐。”大家叹息他这两句真写得好，群起而搁笔，这首诗乃不能完篇。我想如果要孟浩然一个人交卷，他总可以写些别的话头，而“微云淡河汉，疏雨滴梧桐”或者恰是他当夜的感兴，别的只是酝酿起来的，却又非酝酿一些别的话头不成其为一首诗。若《诗经》里《小星》二章：“嘒彼小星，三五在东，肃肃宵征，夙夜在公，寔命不同。嘒彼小星，维参与昴。肃肃宵征，抱衾与裯，寔命不犹。”我们似乎可以说没有别的酝酿，因了天上的星儿当下便完成一个情绪了？这个情绪大约总是当下完成的，然而这里所写的也并不写的是星，在意义上说，星与肃肃宵征有什么关系呢？若胡适之先生的《一颗星儿》，便是写一颗星儿，诗的句子也写得好，清新自然，诗的情绪也是弓拉得满满的，一发便中，没有松懈的地方。最重要的一点，便是这首诗是诗的内容。若如《鸽子》一首：

> 云淡天高，好一片晚秋天气！
> 有一群鸽子，在空中游戏。
> 看他们三三两两，
> 回环来往，
> 夷犹如意，——
> 忽地里，翻身映日，白羽衬青天，十分鲜丽！

这里的句子也写得很好，然而不能同《一颗星儿》一样的看待，因为这一群鸽子虽然也使人抬头一望觉得好看，却至多只能写一篇散文，诗的内容则不够。我将《一颗星儿》同《鸽子》作比较，也是想使大家从例子上去体察我所说的“诗的内容”，这个内容确是与散文不同。我还想从《尝试集》里举出别的诗来说明我的意思。我读《一颗星儿》，总仿佛在这里感觉着一种灵魂的气息似的，能够吸引读者，即是能表现作者，若“一群鸽子”则一群鸽子转眼就飞了，人人可以有这一点“十分鲜丽”的感觉，要写诗人人都可以写一首诗，因此谁也不想写这一首诗。《一颗星儿》背后有一个作者，谁要照样来说这几句话一定是几句空话，那就同《老鸦》（也是《尝试集》里的诗）一样，虽然作者自己说是“具体的写法”，我总以为是照例的呼声。这回我重读《尝试集》，仍没有改变当初的印象，只是读到另外两首诗，我觉得与这《一颗星儿》都不无关系，我不免乃有一种叹息，一个灵魂真是随处吐露消息。我把这两首诗却抄引了来，一首是：

一颗遭劫的星

北京《国民公报》响应新思潮最早，遭忌也最深。今年十一月被封，主笔孙几伊君被捕。十二月四日判决，孙君定监禁十四个月的罪。我为这事做这诗。

热极了！
更没有一点风！
那又轻又细的马缨花须
动也不动一动！

好容易一颗大星出来；
我们知道夜凉将到了：——
仍旧是热，仍旧没有风，
只是我们心里不烦躁了。

忽然一大块黑云
把那颗清凉光明的星围住；
那块黑云越积越大，
那颗星再也冲不出去！

乌云越积越大，
遮尽了一天的明霞；
一阵风来，
拳头大的雨点淋漓打下！

大雨过后，
满天的星都放光了。
那颗大星欢迎着他们，
大家齐说“世界更清凉了！”

（八年十二月十七日）

这首诗写得很好，如果要我举出“胡适之体诗”，这首诗便应算是真正的胡适之体新诗了，句子之好，那是不待说的，我所觉得有意义的，是这个诗的内容，作者非真有一个作诗的情绪不能写出这样的诗来。看作者叙他作这诗的原故，应该是一个很抽象的题目，何以这诗这么的真实逼人呢？第二节第四行“只是我们心里不烦躁了”一句，最显得切实，这不是因了叶韵的原故随便凑得起来的句子，这些地方最表现个性。这回我看了这首诗，我想我以前对于《尝试集》里的《一颗星儿》很有印象，大约是有一个道理，这《一颗星儿》一定是对于作者自己的印象很深，这里没有一点浮夸的必要，真是“我喜欢你这颗顶大的星儿，可惜我叫不出你的名字。”因为这是灵魂的光点，在什么时候都可以偷偷的出现，我推想《一颗遭劫的星》便是这样非意识的写出来的，写出来乃能感人了。我还想说几句近乎穿凿的话，《一颗遭劫的星》，是作者在十二月写的，诗中景物却是“热极了！”的时候，而“那又轻又细的马缨花须动也不动一动！”也决不是没有马缨花须打动过了的人所能在冬天炉火旁边描风捕影的，所以我们无妨硬派这《一颗遭劫的星》就是那《一颗星儿》，那时是夏夜，“今天风雨后，闷沉沉的天气……”。

还有一首我因了《一颗星儿》想连带说及的是《尝试

集》（增订四版）最末一首：

晨星篇

（送叔永、莎菲到南京）

我们去年那夜，
豁蒙楼上同坐；
月在钟山顶上，
照见我们三个。
我们吹了烛光，
放进月光满地；
我们说话不多，
只觉得许多诗意。

我们作了一首诗，
——一首没有字的诗，——
先写着黑暗的夜，
后写着晨光来迟；
在那欲去未去的夜色里，
我们写着几颗小晨星，
虽没有多大的光明，

也使那早行的人高兴。

钟山上的月色
和我们别了一年多了；
他这回照见你们，
定要笑我们这一年匆匆过了。
他念着我们的旧诗，
问道，“你们的晨星呢？
四百个长夜过去了，
你们造的光明呢？”

我的朋友们，
我们要暂时分别了，
“珍重珍重”的话，
我也不再说了。——
在这欲去未去的夜色里，
努力造几颗小晨星；
虽没有多大的光明，
也使那早行的人高兴！

（十年十二月八日）

这是真正的“胡适之体诗”，句子好，音节也好，没有松懈的地方。第一节末四行：

我们吹了烛光，
放进月光满地；
我们说话不多，
只觉得许多诗意。

紧接着第二节：

我们做了一首诗，
——一首没有字的诗，——
先写着黑暗的夜，
后写着晨光来迟……

我们读者读之，也感觉着这里有“一首没有字的诗”，真是写得真实自然。“你们的晨星呢？”这些都不是虚夸的情感，作者的诗意里实有此质量，故我们读着能觉其质朴，不同《老鸦》一样只是空泛的比喻了。所以我觉得作者同那“一颗星儿”是老朋友，能够在无意之中遇见。大概喜欢在晚上用功的人常忽然看见月光，因而对于月光有我们所没有的缘分。喜欢半夜里回家的人或者早行人，对于《一颗星儿》有特别的缘分，我们只可以领略，至少我个人没有此经验了。“放进月光满地”，与“遮着窗儿，推出月光”，与“回转头来，只有你在那杨柳高头依旧亮晶晶地”之句，最能说得“胡适之体诗”，倘若胡适之体诗极力发展。真的，这些句子最见作者的个性，在这里无须乎要旁人的枝叶，或者是“放进月光满地”，或者是一颗星“在那杨柳高头依旧亮晶晶地”。不过我这段话里有点语病，仿佛我认清楚《尝试集》作者是喜欢在晚上用功，或者喜欢半夜里回家似的，这岂不是一个大笑话？然而在另一意义上说，我这段话或者也有趣味，我前次讲《尝试集》选了《四月二十五夜》一首诗，称赞这诗的句子好，才情好，而今天讲到《晨星篇》又碰到“放进月光满地”的句子，作者自己大约也不记得，只是重复的写了爱写的句子，动了爱写的诗情，我也不知不觉的在这里又提醒了一下，——这或者正是我所认定的“诗的内容”很是可靠罢？新诗首先便要看这个诗的内容。

三　新诗应该是自由诗

现在我想从《尝试集》里挑出一两首诗来，这种诗都是作者自己认为“白话新诗”的，然而我觉得这种新诗的诗的内容不够，从反面来说明我所认定的诗的内容要紧。例如《一笑》这一首：

一笑

十几年前，
一个人对我笑了一笑。
我当时不懂得什么，
只觉得他笑的很好。

那个人后来不知怎样了，
只是他那一笑还在：

我不但忘不了他，
还觉得他越久越可爱。

我借他做了许多情诗，
我替他想出种种境地：
有的人读了伤心，
有的人读了欢喜。

欢喜也罢，伤心也罢，
其实只是那一笑。
我也许不会再见着那笑的人，
但我很感谢他笑的真好。

这首诗，我从前也曾喜欢过，后来有一回无意间翻阅到这一首诗，我觉得这种诗只是调子，即是可以不必写那么的四节十六行，作者将一点“烟士披里纯”[①] 敷衍成许多行的文字而已。我说“敷衍”，一点没有含不好的意思，我只是说这首诗乃作者铺张成篇而已。第一节里的四行还没有什么，到了第二节三四两句，“我不但忘不了他，还

① inspiration（灵感）的音译。——编者注

觉得他越久越可爱”，我以为是凑句子叶韵。第三节也不切实，到了“欢喜也罢，伤心也罢，其实只是那一笑”，简直是做题目，虽然作者未必是成心做这一个题目。总之这个诗的内容不够，因之这首白话新诗失败了。又如这一首：

应该

他也许爱我，——也许还爱我，——
但他总劝我莫再爱他。
他常常怪我；
这一天，他眼泪汪汪的望着我，
说道：“你如何还想着我？
想着我，你又如何能对他？
你要是当真爱我，
你应该把爱我的心爱他，
你应该把待我的情待他。”

他的话句句都不错：——
上帝帮我！
我“应该”这样做！

作者自己在《谈新诗》一文里引了这首诗，他说这一首诗的意思神情都是旧体诗所达不出的。“别的不消说，单说‘他也许爱我，——也许还爱我’这十个字的几层意思，可是旧体诗能表得出的吗？”这十个字的几层意思旧体诗大约表达不出，可是这十个字的几层意思戏剧里确最容易表达得出，若以之作新诗，结果只有几层意思，似乎没有什么诗的情绪了。中国的旧诗似乎根本上就不表现“他也许爱我，——也许还爱我”这些意思，若其所能表现的东西确乎比《应该》更成其为诗。唐诗人张籍有一首诗，胡适之先生曾用白话翻译过，原作末二句：“还君明珠双泪垂，何不相逢未嫁时”，虽然不像白话诗《应该》那样表达许多意思，却是很能表情的了。《尝试集》里有一首《小诗》：“也想不相思，可免相思苦。几次细思量，情愿相思苦！”又如：“岂不爱自由，此意无人晓：情愿不自由，也是自由了。”我读之都能感着真实。若《应该》这一首，虽然诗体是解放了，但这个解放的诗体最不容易羼假，一定要诗的内容充实。如果逢场作戏，随便写点玩玩，（但不能随便说旧体诗）当然也没有什么，如《尝试集》里《梦与诗》这一首：

都是平常经验，
都是平常影象，

偶然涌到梦中来，
变幻出多少新奇花样！

都是平常情感，
都是平常言语，
偶然碰着个诗人，
变幻出多少新奇诗句！

醉过才知酒浓，
爱过才知情重；——
你不能做我的诗，
正如我不能做你的梦。

这只可谓之在诗国里过屠门而大嚼了。因了这个《梦与诗》，还有一首《醉与爱》，我现在也不抄引，免得多占篇幅，我只是想告诉大家，我们的新诗一定要表现着一个诗的内容，有了这个诗的内容，然后“有什么题目，做什么诗；诗该怎样做，就怎样做。”要注意的这里乃是一个“诗”字，“诗”该怎样做就怎样做。其实在古人也是“有什么题目，做什么诗；诗该怎样做，就怎样做。”他们的诗发展了中国文字之长，中国文字也适合于他们诗的发展，——这自然不能把后来的模仿诗家包括在一起说。然而，这些模仿诗家都可以按谱行事，旁人或者指点他说他的诗做得不行，但总不能说他不是诗，因为他本来是做一首诗或者填一首词。新诗则不然。新诗没有什么诗的格式，真是诗该怎样做就怎样做了，然而做出来你说我不是诗呢？这里确是有一点无可奈何。有些初期做白话诗的人，后来索性回头做旧诗去了。就是白话诗的元勋胡适之先生，他还是对于做旧诗填词有兴趣的，我想他还是喜欢那个。这些初期白话诗家，都是会做文章的人，他们善于运用文字，所以他们的白话新诗，有时并无啥意思，他们却会把句子写得好，如《醉与爱》里头的句子：

爱里也只是爱，——
和酒醉很相象的。
直到你后来追想，
“哦！爱情原来是这么样的！”

我们初读之不觉得这里是凑句子叶韵，便因为“爱里也只是爱，和酒醉很相象的”这种句子写得很自然。实在新诗这样写下去已经渐渐走到死胡同里去。后来有些新诗，我们读着觉得非常之刺眼，这些作新诗的人，与旧诗的因缘少了，他们写出来的东西虽也不会是“诗余”，也不会是新诗的古乐府，他们不是如胡适之先生所说缠过脚再来放脚的妇人，然而他们运用文字的工夫又不及那些老手，结果他们做出来的白话新诗，有点像“高跷”下地，看的人颇难以为情。我且从《中国新文学大系·诗集》里举出这种高跷式的新诗模样来，如刘梦苇《万牲园的春》首四行：

碧绿的秋水如青蛇条条，
蜿蜒地溜过了大桥小桥：
被多情的春风狂吻之后，
微波有如美女们底娇笑。

刘君是已故诗人，大约我说错了也无从对证罢，然而我总觉得“青蛇条条”与“大桥小桥”的句子很可笑。其实这样的句子在当时还不算十分难看的，这种诗到底还是经过选家选择来的诗。我再向我的朋友程鹤西“射他耳”一下，《中国新文学大系·诗集》也有他的一首诗，题作“城上”，首两节八行为：

天半铺着几片薄云，
微风涟漪似的荡漾。

傍过垒垒枯寂的荒坟，
我们登到永定门西的城上。

城内深没人的芦荻
浩浩，潇潇；
遥想故乡此日，
正连阡穀绿迢迢。

新诗如果这样造句子，这样的新诗可以不做。鹤西后来果然不写这样句子的新诗了，在别方面耕种了他自己的园地。这种现象，大约是《尝试集》以后必然的现象，大家确乎是诚心在那里“尝试”。不过老牌的《尝试集》表面上是有意做白话诗而骨子里同旧诗的一派结了不解之缘，后起的新诗作家乃是有心做“诗”了，他们根本上就没有理会旧诗，他们只是自己要做自己的诗。然而既然叫做“做诗”，总一定不是写散文，于是他们不知不觉的同旧诗有一个诗的雷同，仿佛新诗自然要有一个新诗的格式。而新诗又实在没有什么公共的，一定的格式，像旧诗的五言七言近体古体或词的什么调什么调。新诗作家乃各奔前程，各人在家里闭门造车。实在大家都是摸索，都在那里纳闷。与西洋文学稍为接近一点的人又摸索西洋诗里头去了，结果在中国新诗坛上又有了一种“高跟鞋”。我记得闻一多在他的一首诗里将“悲哀”二字颠倒过来用，作为“哀悲”，大约是为了叶韵的原故，我当时曾同了另一位诗人笑，这件事真可以“哀悲”。我那时对于新诗很有兴趣，我总朦胧的感觉着新诗前面的光明，然而朝着诗坛一望，左顾不是，右顾也不是。这个时候，我大约对于新诗以前的中国诗文学很有所懂得了，有一天我又偶然写得一首新诗，我乃大有所触发，我发见了一个界线，如果要做新诗，一定要这个诗是诗的内容，而写这个诗的文字要用散文的文字。已往的诗文学，无论旧诗也好，词也好，乃是散文的内容，而其所用的文字是诗的文字。我们只要有了这个诗的内容，我们就可以大胆的写我们的新诗，不受一切的束缚，“不拘格律，不拘平仄，不拘长短；有什么题目，做什么诗；诗该怎样做，就怎样做。”我们写的是诗，我们用的文字是散文的文字，就是所谓自由诗。这与西洋的“散文诗”不可相提并论。中国的新诗，即是说用散文的文字写诗，乃是从中国已往的诗文学观察出来的。胡适之先生所谓“第四次的诗体大解放”，不拘格律，不拘平仄，不拘长短，有什么题目做什么诗，诗该怎样做就怎样做，——这个论断应该是很对了，然而他的前提夹杂不清，他对于已往的诗文学认识得不够。他仿佛“白话诗”是天生成这么个东西的，已往的诗文学就有许多白话诗，不随时有反动派在那里做障碍，到得现在我们才自觉了，才有意的来这么一个白话诗的大运动。援引已往的诗文学里的“白话诗”做我们的新诗前例，便是对于已往的文学认识不够，我们的新诗运动直可谓之无意识的运动。旧诗词里的“白话诗”，不过指其诗或词里有白话句子而已，实在这些诗词里的白话句子还是“诗的文字”。换句话说，旧诗词里的白话诗与非白话诗，不但填的是同一谱子，而且用的是同一文法。“姑苏城外寒山寺，夜半钟声到客船”，“细雨梦回鸡塞远”，“帘卷西风，人比黄花瘦”，“平冈细草鸣黄犊，斜日寒林点暮鸦”，都是诗词里特别见长的，这些句子里头都没有典故，没有僻字，没有代字，我们怎么能说它不是白话，只是它的文法同散文不一样而已。我们要描写半夜里钟声之下客船到岸这一件事情，用散文写另是一样写法，若写着“夜半钟声到客船”，便是诗了，我们一念起来就觉得这件事情同我们隔得很远，把我们带到旧诗境界去了。中国诗里简直不用主词，然而我们读起来并不碍事，在西洋诗里便没有这种情形，西洋诗里的文字同散文里的文字是一个文法。故我说中国旧诗里的文字是诗的文字。（还有一个情形可以令我们注意，三百篇同我们现在的歌谣都是散文的文法。）旧诗向来有两个趋势，就是“元白”易懂的一派同“温李”难懂的一派，然而无论那一派，都是在诗的文字之下变戏法。他们的不同大约是他们的辞汇，总决不是他们的文法。而他们的文法又决不是我们白话文学的文法。至于他们两派的诗都是同一的音节，更是不待说的了。胡适之先生没有看清楚这根本的一点，只是从两派之中取了自己所接近的一派，而说这一派是诗的正路，从古以来就做了我们今日白话新诗的同志，其结果我们今日的白话新诗反而无立足点，元白一派的旧诗也失其存在的意义了。我前说，旧诗的内容是散文的，而其文字则是诗的文字，旧诗之诗的价值便在这两层关系。由词而变到曲，这个关系显明的替我们分解出来了，元曲的内容岂不是叙事描写（散文的）而其文章是韵文（诗的）吗？于是旧诗露出了马脚，索性走到散文路上去好了。其实这个线索在胡适之先生所推崇的白话诗家苏辛的诸人手下已经可以看得出来，如苏轼的《哨遍》引用陶渊明文章里的句子填词，辛弃疾的词乱用古书成语地方更多，刘克庄词“使李将军遇高皇帝万户侯何足道哉”的句子，都是痛快的写起散文来。这里确是很有趣，胡适之先生所推崇的白话诗，倒或者与我们今日新散文的一派有一点儿关系。反之，胡适之先生所认为反动派“温李”的诗，倒似乎有我们今日新诗的趋势。李商隐的诗应是“曲子缚不住者”，因为他真有诗的内容。温庭筠的词简直走到自由路上去了，在那些词里表现的东西。确乎是以前的诗所装不下的。这些事情仔细研究起来都很有意义，今天我只是随兴说到了罢了，而且说得多么粗糙。我的本意，是想告诉大家，我们的新诗应该是自由诗，只要有诗的内容然后诗该怎样做就怎样做，不怕旁人说我们不是诗了。

四　已往的诗文学与新诗

上回我说中国已往的诗文学向来有两个趋势，就是元白易懂的一派同温李难懂的一派，无论那一派都是在诗的文字之下变戏法，总而言之都是旧诗，胡适之先生于旧诗中取元白一派作为我们白话新诗的前例，乃是自家接近元白的一派旧诗的原故，结果使得白话新诗失了根据。我又说，胡适之先生所认为反动派温李的诗，倒有我们今日新诗的趋势，我的意思不是把李商隐的诗同温庭筠的词算作新诗的前例，我只是推想这一派的诗词存在的根据或者正有我们今日白话新诗发展的根据了。这个道理本不稀奇，只是中国弄新文学的人同以前弄旧文学的人都是一副头脑，见骆驼说是马肿背，诸事反而得不着真面目。我今天把胡适之先生谈新诗的文章，同他的《国语文学史》里讲诗词的部分，都再看了一遍，觉得此事还应该重新商量，我想把我自己平日所想到的说出来引起大家去留心。《谈新诗》一文里，作者最后谈到“新诗的方法”，他说“做新诗的方法，根本上就是做一切诗的方法”，这话不能算错。我常同学生们说，我们首先要练习运用文字，新诗并不就不讲究做文章，现在做新诗的人每每缺乏运用文字的工夫，旧诗人把句子写得好，我们也要把句子写得好。但这一番平常而切实的话，是要在辨明新诗与旧诗的性质以后再来说的，胡适之先生则实在是说不出所以然来，从他所举的例子看来，他还是喜欢旧诗而已。他所举的例子之中，有“绿垂风折笋，红绽雨肥梅”，“芹泥垂燕嘴，蕊粉上蜂须”，“四更山吐月，残夜水明楼”，这些都是我上回所说的旧诗在诗的文字之下变戏法。他又举了“鸡声茅店月，人迹板桥霜”，说“是何等具体的写法！”这两句是温庭筠的诗，其实温庭筠的词比这两句更是具体的写法，只是懂得鸡声茅店月便说鸡声茅店月好，而那些词反而是“诗玩意儿”。据我看“鸡声茅店月，人迹板桥霜”或者倒是诗玩意儿，同“枯藤老树昏鸦，小桥流水人家”一样是旧诗要惯了的把戏。在这些例子之前，同一篇文章里，胡先生举了辛弃疾的几句词，“落日楼头，断鸿声里，江南游子，把吴钩看了，阑干拍遍，无人会，登临意”，说这种语气决不是五七言的诗能做得出的。不知怎的我很不喜欢这个例子，更不喜欢举了这个例子再加以主观的判断证明诗体的解放。我觉得辛词这些句子只是调子，毫不足取，用北京话说就是“贫”得很，如此的解放的诗，诗体即不解放我以为并没有什么损失。我们且来观察温庭筠的词怎样现得一种诗体的解放罢。胡适之先生在《国语文学史》里说温庭筠的词“却有一些可取的”，他以为可取的，却正不是温词的长处，他所取的是“梳洗罢，独倚望江楼，过尽千帆皆不是，斜晖脉脉水悠悠，肠断是[①]蘋洲”两三首近乎“元白”的诗玩意儿。我并不是说这些不可取，在温庭筠的词里总不致于这些是可取的。如果这个问题与我们今日的新诗风马牛不相及，我们也就可以不谈，据我看这个问题又很关乎新诗的前程。我前说，温庭筠的词简直走到自由路上去了，在那些词里所表现的东西确乎是以前的诗所装不下的，问题便在这里。我们应不惜多费点时间来多考察这件事情。温词为向来的人所不能理解，谁知这不被理解的原因，正是他的艺术超乎一般旧诗的表现，即是自由表现，而这个自由表现又最遵守了他们一般诗的规矩，温词在这个意义上真令我佩服。温庭筠的词不能说是情生文文生情的，他是整个的想象，大凡自由的表现，正

① “是”又作“白”。——编者注

是表现着一个完全的东西。好比一座雕刻，在雕刻家没有下手的时候，这个艺术的生命便已完全了，这个生命的制造却又是一个神秘的开始，即所谓自由，这里不是一个酝酿，这里乃是一个开始，一开始便已是必然了，于是在我们鉴赏这一件艺术品的时候我们只有点头，仿佛这件艺术品是生成如此的。这同行云流水不一样，行云流水乃是随处纠葛，他是不自由，他的不自由乃是生长，乃是自由。我的话恐怕有点荒唐，其实未必荒唐，我们且来讲温庭筠的词，——不过在谈温词的时候，这一点总要请大家注意，即是作者是幻想，他是画他的幻想，并不是抒情，世上没有那样的美人，他也不是描写他理想中的美人，只好比是一座雕刻的生命罢了。英国一位批评家说法国自然主义的小说家是“视觉的盛宴”，“视觉的盛宴”这一个评语，我倒想借来说温庭筠的词，因为他的美人芳草都是他自己的幻觉，因为这里是幻觉，这里乃有一点为中国文人万不能及的地方，我的意思说出来可以用“贞操”二字。中国文人总是“多情”，于是白发红颜都来入诗，什么“好酒能消光景，春风不染髭须，为公一醉花前倒，红袖莫来扶”，什么“此度见花枝，白头誓不归”，这些都是中国文人久而不闻其臭。像日本诗人芭蕉俳句，“朝阳花呵，白昼还是下锁的门的围墙。”本是东洋人可有的诗思，何以中国文人偏不行。温庭筠的词都是写美人，却没有那些讨人厌的字句，够得上一个“美”字，原因便因为他是幻觉，不是作者抒情。我们再来讲词，先讲《花间集》第一首：

小山重叠金明灭，鬓云欲度香腮雪。懒起画蛾眉，弄妆梳洗迟。　　照花前后镜，花面交相映。新贴绣罗襦，双双金鹧鸪。

此词我以为是写妆成之后，系倒装法，首二句乃写新妆，然后乃说今天起来得晚一点，“懒起画蛾眉，弄妆梳洗迟”，其实这时眉毛已经画好了。下半又写对了镜子照了又照，总是一切已打扮停当了。“小山重叠金明灭，鬓云欲度香腮雪。”上句是说头，温词另有“蕊黄无限当山额”句，也是把山来说额黄以上。头上戴了钗头之类，所谓“翠钗金作股”者是，所以看起来“小山重叠金明灭”了。这一句之佳要待“鬓云欲度香腮雪”而完成，“鬓云”固然是诗里用惯了的字眼，在温词里则是想象，于发曰云，于颊上粉白则曰雪，而又于第一句“小山”之山引动来的，在诗人的想象里仿佛那儿的鬓云也将有动状，真是在那里描风捕影，于是“鬓云欲度香腮雪”矣。这是极力写一个新妆的脸，粉白黛绿，金钗明灭。然而我们要替他解说那“鬓”的状态，大约无能为力，用温庭筠自己的句子或者可以用“楚山如画烟开”这一句罢，因为这里要极力形容一个明朗的光景，如眉毛之于眼睛，要分得开开的，于是才现得粉颊儿是粉颊儿，鬓云是鬓云，于是“鬓云欲度香腮雪”矣。这正是推画发云与粉雪的界线，正是描画一个明净，而“欲度”二字正是想象里的呼吸，写出来的东西乃有生命了。温词《更漏子》“花外漏声迢递，惊塞雁，起城乌，画屏金鹧鸪”也是写静而从动势写。眼前本是“画屏金鹧鸪”，而“花外漏声迢递”，这个音声大概可以惊塞外之雁，起城上之乌，于是我们觉得画屏金鹧鸪仿佛也要飞了。到了《南歌子》“手里金鹦鹉，胸前绣凤凰，偷眼暗形相，——不如强嫁与，作鸳鸯”话更说得明白一点，把金鹦鹉与绣凤凰尽看尽看，于是欲静物而活了。不过把金鹦鹉与绣凤凰尽看尽看，还可以说是善于状女子心理，若“鬓云欲度香腮雪”决与梳洗的人个性无关，亦不是作者抒情，是作者幻想。他一面想着金钗明灭，华丽不过的事情，一面却又拉来雪与云作比兴，“鬓云”因为乱用惯了自然人人可以用，若与雪度相关，便不是偶然写来的。温词另有“小娘红粉对寒浪”之句，都足以见其想象，他写美人简直是写风景，写风景又都是写美人了。这还是就一句一字举例。我们再讲一首《菩萨蛮》，《花间集》第二首：

> 水精帘里颇黎枕，暖香惹梦鸳鸯锦。江上柳如烟，雁飞残月天。　　藕丝秋色浅，人胜参差剪。双鬓隔香红，玉钗头上风。

此词开始写得像个水帘洞似的，然而“水精帘里颇黎枕”还要待“暖香惹梦鸳鸯锦”这一句乃好。于是“暖香惹梦鸳鸯锦”这一句真好。这一句是说美人睡。“暖香惹梦”完全是作诗人的幻想，人家要做梦人家自己不知道，除非做了一个什么梦醒来自己才知道。而且女人自家或者贪暖睡，至于暖香总一定已经鼾呼呼的。暖香或者容易惹梦，惹了梦，暖香二字却一定早已不在题目范围之内。总之这都是作诗人的幻想暖香惹梦罢了。梦见了什么他偏不说，这个不是梦中人当然不能知道，然而“暖香惹梦鸳鸯锦”，于是暖香惹梦鸳鸯锦比美人之梦还要是梦了。世上难裁这么美的鸳鸯锦。所以我说温庭筠的词都是一个人的幻想。试看《花间集》别人写梦的，都是戏台里人自家喝采，无论是正面的写男脚色做梦，如：“昨夜夜半，枕上分明梦见，语多时，依旧桃花面，频低柳叶眉。”我们读者一看就知道不是做梦，是做文章。或者反面的写女梦，

"子规啼破相思梦"也不是做梦是做文章。只有一个人写一点女梦，也不十分说明白梦见什么，只说着"倚着云屏新睡觉，思梦笑，"这个"思梦笑"的"笑"字与温词"鸳鸯锦"三字略相当，然而这还是局中人亲眼看见，温庭筠的词则都是诗人之梦，因此都是身外之物了。我们还是来讲"暖香惹梦鸳鸯锦"。写着"暖香惹梦鸳鸯锦"，该是如何的在闺中，却又想到"江上柳如烟，雁飞残月天"，真是令人佩服，仿佛风景也就在闺中，而闺中也不外乎诗人的风景矣。这样落笔，温词处处如此，上面说过的"惊塞雁，起城乌，画屏金鹧鸪"是，《菩萨蛮》十余首也多半是。像这样四句："翠翘金缕双鸡鹈，水纹细起春池碧，池上海棠梨，雨晴红满枝"，首句是女子妆，下三句乃是池上，令我们读之而不觉。接着"绣衫遮笑靥，烟草粘飞蝶"两句，真是风景人物写一篇大块文章。其余如"杏花含露团香雪，绿杨陌上多离别，灯在月胧明，觉来闻晓莺"，在这个灯在月明之外，莺声之前，杏花杨柳在古今路上矣。我由"暖香惹梦鸳鸯锦"说到"绿杨陌上多离别"，那首词却还没有讲完。其实那首词只剩下"玉钗头上风"一句还应该讲几句，这一句又只有一个"风"字要讲，不讲大家已可触类旁通，他把一个"风"字落到"玉钗头上"去，于是就"玉钗头上风"了。温词无论一句里的一个字，一篇里的一两句，都不是上下文相生的，都是一个幻想，上天下地，东跳西跳，而他却写得文从字顺，最合绳墨不过，居花间之首，向来并不懂得他的人也说“温庭筠最高，其言深美闳约”了。我们所应该注意的是，温词所表现的内容，不是他以前的诗体所装得下的，从我上面所举的例子，大家总可以看得出，像这样，长短句才真是诗体的解放，这个解放的诗体可以容纳得一个立体的内容，以前的诗体则是平面的。以前的诗是竖写的，温庭筠的词则是横写的。以前的诗是一个镜面，温庭筠的词则是玻璃缸的水——要养个金鱼儿或插点花儿这里都行，这里还可以把天上的云朵拉进来。因此我尝想，在已往的诗文学里既然有这么一件事情，我们今日的白话新诗恐怕很有根据，在今日的白话新诗的稿纸上，将真是无有不可以写进来的东西了。有一件事实我要请大家注意，温庭筠的词并没有用典故，他只是辞句丽而密。此事很有趣味，在他的解放的诗体里用不着典故，他可以横竖乱写，可以驰骋想象，所想象的所写的都是实物。若诗则不然，律诗因为对句的关系还可以范围大一点，由甲可以对到乙，这却正是情生文文生情，所以我们读起来是一个平面的感觉。正因此，诗不能不用典故，真能自由用典故的人正是情生文文生情。因为是典故，明明是实物我们也还是纸上的感觉，所以是平面的，温庭筠的词则用不着用什么典故了。说到这里我们就要说到李商隐。要说李商隐的诗，我感着有点无从下手，这个人的诗，真是比什么人的诗还应该令我们爱惜，在中国文学史上只有庾信可以同他相提并论。然而要我说庾信，觉得并不为难，庾信到底是六朝文章，六朝文章到底是古风，好比一株大树，我们只就他的春夏秋冬略略讲一点故事就好了，或者摘一片叶子下来给你们看，你们自己会向往于这一棵树，我也不怕有所遗漏，反正这个树上的叶子是多得很的，路上拾得一片落叶你也喜欢这棵树哩。李商隐的诗颇难处置，我想从沙子里淘出金子来给大家看罢，而这些沙子又都是金子。他有六朝的文采，正因为他有六朝文的性格，他的文采又深藏了中国诗人所缺乏的诗人的理想，这一点他也自己觉着。他的诗真是一盘散沙，粒粒沙子都是珠宝，他是那么的有生气，我们怎么会拿一根线可以穿得起来呢？在他当然都是从一个泉源里点滴出来的。现在有几位新诗人都喜欢李商隐的诗，真是不无原故哩。好在我今天讲到他是由用典故说来的，我们就从这一点下手。温庭筠的词，可以不用典故，驰骋作者的幻想。反之，李商隐的诗，都是借典故驰骋他的幻想。因此，温词给我们一个立体的感觉，而李诗则是一个平面的。实在李诗是“人间从到海，天上莫为河”，“星沉海底当窗见，雨过河源隔座看”，天上人间什么都想到了，他的眼光要比温庭筠高得多，然而因为诗体的不同，一则引我们到空间去，一则仿佛只在故纸堆中。这便是我所想请大家注意的。我们还是举例子，就说一千年来议论纷纷的《锦瑟》一首诗。胡适之先生说：“这首诗一千年来也不知经过多少人的猜想了，但是至今还没有人猜出他究竟说的是什么鬼话。”我且把这首诗抄引了来：

锦瑟无端五十弦，一弦一柱思华年。庄生晓梦迷蝴蝶，望帝春心托杜鹃。沧海月明珠有泪，蓝田日暖玉生烟。此情可待成追忆，只是当时已惘然。

这首诗大约总是情诗，然而我们想推求这首诗的意思，那是没有什么趣味的。我只是感觉得“沧海月明珠有泪，蓝田日暖玉生烟”这两句写得美，这两句我也只是取“沧海月明珠有泪”一句来讲。如果大家听了我的话对于这一句有点喜欢，那么蓝田日暖之句仿佛也可以了解。“沧海月明珠有泪”，作者大约从两个典故联想起来的，一个典故是月满则珠全，月亏则珠阙，这个珠指蚌蛤里的珠。还有一个典故是海底鲛人泣珠。李诗另有“昔去灵山非拂席，今来沧海欲求珠”之句，那却是送和尚的诗，与我们所要讲的这句诗没有关系，不过看注解家在“今来沧海欲求珠”句下引杜甫诗“僧宝人人沧海珠”，可见“沧海”与“珠”这两个名词已有前例，容易联串起来，于是李商隐在《锦瑟》一诗里得句曰“沧海月明珠有泪”了。经了他这一制造，于是我也想大概真个沧海月明珠有泪似的——，这是我的一位老同学曾经向我说的话，他确曾经沧海回来，沧海月明珠有泪既然确实，于是蓝田日暖玉生烟亦为良辰美景无疑了。新诗人林庚有一回同我说：“沧海月明珠有泪，蓝田日暖玉生烟。”李商隐这两句诗真写得好。于是我也想大概是真写得好。但我尽管说好是不行的，我还可以说点理由出来。从上面列举的典故看来，“沧海月明珠有泪”这七个字是可以联在一起的，句子不算不通，但诗人得句是靠诗人的灵感，或者诗有本事，然后别人联不起来的字眼他得一佳句，于是典故与辞藻都有了生命，我们今日读之犹为之爱惜了。我便这样来强说理由。李商隐另外有两首绝句，一首题作《月》，诗是这样的：

过水穿楼触处明，藏人带树远含清。初生欲缺虚惆怅，未必圆时即有情。

一首题作《城外》，诗是这样的：

露寒风定不无情，临水当山又隔城。未必明时胜蚌蛤，一生长共月亏盈。

这些诗作者似乎并无意要千百年后我辈读者懂得，但我们却仿佛懂得，其情思殊佳，感觉亦美，一面写其惘然之情，一面又看得出诗人的贞操似的。“未必明时胜蚌蛤，一生长共月亏盈”，我觉得便足以做“沧海月明珠有泪”的注解。李诗有《题僧壁》一首，其末四句云：

蚌胎未满思新桂，琥珀初成忆旧松。若信贝多真实语，三生同听一楼钟。

蚌胎未满思新桂，即是用月与蚌蛤的典故，从这些地方我们都可以看出作者的幻想，总是他的感觉美。李商隐常喜以故事作诗，用这些故事作出来的诗，都足以见作者的个性与理想，在以前只有陶渊明将《山海经》故事作诗有此光辉，其余游仙一类的诗便无所谓，即屈原亦不见特色，下此更不足观了。像杜甫关于华山诗句：

西岳崚嶒竦处尊，诸峰罗立似儿孙。安得仙人九节杖，拄到玉女洗头盆。……

直是应景而已。李商隐关于王母，关于嫦娥，关于东方朔，关于麻姑，关于鲛人卖绡，或成一篇，或得一句，都令我们如闻其语如见其人，表现了作者。只看他的这两句话，在他的诗里算是极随便的两句诗："闻道神仙有才子，赤箫吹罢好相携。"便见他的个性，他要说神仙也有才子，若他人说便说某人是谪仙了。我今天并不是专门解诗，我再举一首《过楚宫》七言绝句：

> 巫峡迢迢旧楚宫，至今云雨暗丹枫。微生尽恋人间乐，只有襄王忆梦中。

他用故事不同一般做诗的是滥调，他是说襄王同你们世人不一样，乃是幻想里过生活哩。我再举一首《板桥晓别》，看他的文采：

> 回望高城落晓河，长亭窗户压微波。水仙欲上鲤鱼去，一夜芙蓉红泪多。

这种句子真是写得美，因为他用的是典故，我们容易忽略他的幻想，只赏鉴他的文采，实在他的想象很不容易捉住，他倒好容易捉住了这个乘赤鲤来去水中的典故，我们却不容易哩。说到用典故，我还想补足一点意思，胡适之先生所谓白话诗家苏黄辛陆这一些人倒真是用典故，他们的词里有时用当日的方言，有时用古书上的成语，实在用方言也好，掉书袋也好，在他们是平等看待，他们写韵文同我们现在乱写散文是差不多的，成语到了口边就用成语，方言到了手下就用方言，他们缺少诗的感觉，而他们又习惯于一种写韵文的风气，结果写出来的韵文只用得着掉文与掉口语，并不是他们有温李的典故而不用，要说典故都应该归在典故的性质项下。他们缺少诗的感觉，他们有才气，所以他们的诗信笔直写，文从字顺，落到胡适之先生眼下乃认为同调，说他们做的是白话诗。真有诗的感觉如温李一派，温词并没有典故，李诗典故就是感觉的联串，他们都是自由表现其诗的感觉与理想，在六朝文章里已有这一派的根苗，这一派的根苗又将在白话新诗里自由生长，这件事情固然很有意义，却也是最平常不过的事，也正是"文艺复兴"，我们用不着大惊小怪了。我们在温庭筠的词里看着他表现一个立体的感觉，便可以注意诗体解放的关系，我们的白话新诗里头大约四度空间也可以装得下去，这便属于天下诗人的事情了。总之我以为重新考察中国已往的诗文学，是我们今日谈白话新诗最要紧的步骤，我们因此可以有根据，因此我们也无须张惶，在新诗的途径上只管抓着韵律的问题不放手，我以为正是张惶心理的表现。我们只是一句话，白话新诗是用散文的文字自由写诗。所谓散文的文字，便是说新诗里要是散文的句子。昨天有一位少年诗人拿了朱湘的一首四行诗给我看，他说他喜欢这首四行，我乃也仔细看了一遍，并且请他讲给我听，为什么他喜欢，我听了他的讲，觉得这四行的意境确是很好，只是要成功一个方块不缺一角的原故，有一句乃不是散文的句子。我把这首四行诗照原作标点引了来：

> 鱼肚白的暮睡在水洼里
> 在悠悠的草息中作着梦。
> 云是浅的树是深的朦胧
> 远处有灯火了红色的稀。

这首四行的第四行不是中国散文的句法，而中国旧诗乃确乎有这样的姿态。“红色的”是形容灯火，“稀”也是形容红色的灯火，同林黛玉所称赞的“大漠孤烟直”的“直”字，“长河落日圆”的“圆”字，不是处于一样的地位吗？只不过这里多了“远处有灯火了”的“有”字做动词。这样的新诗的文字我以为比旧诗文字还要是诗的。因此我更佩服古人会写文字，像温庭筠写这四句：

> 绣衫遮笑靥，烟草粘飞蝶。青琐对芳菲，玉关音信稀。

他描写了好几样的事情，读者读之而不觉。至于“惊塞雁，起城乌，画屏金鹧鸪”又是较容易看得出的藕断丝连的句子了。我们的白话新诗是要用我们自己的散文句子写。白话新诗不是图案要读者看的，是诗给读者读的。新诗能够使读者读之觉得好，然后普遍与个性二事俱全，才是白话新诗的成功。普遍与个性二事俱全，本来是一切文学的条件，白话新诗又何能独有优待条件。“散文的文字”这个范围其实很宽，三百篇也是散文的文字，北大《歌谣周刊》的歌谣也是散文的文字，甚至于六朝赋也是散文的文字，我们可以写一句“屋里衣香不如花”，只是不能写“帘卷西风，人比黄花瘦”。文字这件事情，化腐臭为神奇，是在乎豪杰之士。五七言诗，与长短句词，则皆不是白话新诗的文字，他们一律是旧诗的文字。

五　沈尹默的新诗

《新青年》时代的新诗作家，尚有沈尹默与刘半农二氏我们应该提起。刘氏后来有《扬鞭集》出版，沈氏的新诗则散见于《新青年》杂志。新诗第一次出现，在《新青年》第四卷第一号上面，作者便是胡适，沈尹默，刘半农这三个名字，时候是民国七年一月。在第一次出现的新诗里沈尹默氏有一首《月夜》，可谓很难得的作品了，只有四行文字：

月夜

霜风呼呼的吹着，
月光明明的照着。
我和一株顶高的树并排立着，
却没有靠着。

这首诗不愧为新诗的第一首诗，我今日翻开来看，觉得这件事情很有趣，试把这首诗《月夜》同《新青年》四卷一号别的几首诗相比（共有九首），便可以比得出来写新诗是怎样的与写旧诗不同，新诗实在是有新诗的本质了。那几首诗，有胡适的《鸽子》，有沈尹默的《鸽子》，有沈尹默的《人力车夫》，有胡适的《人力车夫》，还有胡适的《一念》等等，都只能算是白话韵文，即是句子用白话散文写，叶韵，诗的情调则同旧诗一样由一点事情酝酿起来的，好比是蜜蜂儿嘤嘤几声，于是蜂儿一只一只的飞来了，于是蜂儿成群，诗一句一句的写下来了，于是一首诗成，结果造成功的是旧诗的空气。胡适之先生后来说这些新诗是从古乐府化出来的，是从词调里变化出来的，其实这些新诗的内容本不能成为新诗，势必成为新诗的古乐府，成为"诗余"，所以我说这些新诗是白话韵文。他们那时候写新诗我想只是好奇，大约做得一首好诗成，抵得小孩子过新年一趟，大家见面高兴。平心说来，新文学运动的价值，乃在于提倡白话文，这个意义实在很大，若就白话新诗说，反而是不知不觉的替旧诗虚张声势，没有什么新文学的意义了。在《新青年》第五卷第二号的诗栏里有一段补白，署名"半农"，其文如下：

七月三十一日，得启明自绍兴来函，以其有趣，录此以补余白：

今日天气热，卧读寒山和尚诗，见一首甚妙，可代《新青年》新体诗作者答人批评之用；因以廿年前所买“诗笺”抄上，“博寒星大吟坛一粲”。

计开：——

有个王秀才笑我诗多失：

云，不识“蜂腰”仍不会“鹤膝”，

平仄不解压；凡言取次出。

我笑你作诗，如盲徒咏日！

这一段补白，我觉得很有意义，可见《新青年》新体诗作者的自信。他们那时作新诗的态度，与他们所作的新诗，实在都给寒山和尚这一首诗说得恰如其分，另外没有什么新诗的意义了。沈尹默氏是旧诗词的作家，然而他的几首新诗反而有着新诗的气息，简直是新诗的一种朝气，因此他的新诗对于以后以迄于今日的新诗说，又可以说是新诗的一点儿古风，这却是一件有趣的事。沈氏写了不多的新诗，随着他不写这些新诗了，他又写他的旧诗词去，这件事又有趣。可惜我在这里不能把《新青年》四卷一号上面九首诗都抄了来，那样未免太占篇幅，大家如果本一点好奇心，去找《新青年》杂志翻阅，大约可以比较得出来，只有《月夜》算得一首新诗了。十一年八月北社出版的《新诗年选》，关于沈氏的《月夜》有署名“愚菴”的评语（据云“愚菴”即康白情）：“这首诗大约作于一九一七年的冬天，在中国新诗史上，算是第一首散文诗。其妙处可以意会而不可以言传。”《新诗年选》后面附有“一九一九年诗坛略记”，亦云“第一首散文诗而备具新诗的美德的是沈尹默的《月夜》”。这个评语很有识见，也无非是人同此感而已，这一首《月夜》确是新鲜而别致。不过他所谓“散文诗”，我们可以心知其意，实在这里“散文诗”三个字恐怕就是“新诗的美德”。与《月夜》同刊的那一些新诗，正是不能有这个散文诗的美德，乃是旧诗的余音。我由沈尹默氏的《月夜》联想到另一首诗，即《尝试集》里的《湖上》这首小诗：

湖上

水上一个萤火，
水里一个萤火，
平排着，
轻轻地，
打我们的船边飞过。

他们俩儿越飞越近，

渐渐地并作了一个。

这一首《湖上》是民国九年的出品，与那一首《月夜》可谓异曲同工。这样的诗都不必求之过深，作者只是当下便写得了一首好诗罢了。这样的诗又能见作者的个性，《月夜》与《湖上》便表现了两个诗人。各人都是“看来毫不用心，而自具有一种以异乎人的美”。旧诗不能有这里的疏朗，旧诗也不能有这里的完全。有这个新诗的感觉，自然写得这个散文的诗句。我前说新诗要用散文的句法写诗，如《月夜》与《湖上》的句子便是。至于用韵与不用韵都没有关系，用韵也要句子是散文的句子，不用韵也要句子是散文的句子，新诗所用的文字其唯一条件乃是散文的文法，其余的事件只能算是诗人作诗的自由了。

北社《新诗年选》选了沈尹默诗五首，我也想照样选下来，只是我将一首《白杨树》来换年选上面的一首《赤裸裸》。所选第一首即是上面所讲的《月夜》。第二首是：

月

明白干净的月光，我不曾招呼他，他却有时来照看我；我不曾拒绝他，他却慢慢的离开了我。我和他有什么情分？

这首诗我想评他“质直可爱，饶有风度”八个字。比起旧诗来，这首诗好像是小学一年级学生，然而，其高处，其非同时那些新诗所可及处，便在这个新诗有朝气，因此也便是新诗的古风了。所选第三首诗是：

公园里的“二月蓝”

牡丹过了，接着又开了几栏红芍药。路旁边的二月蓝，仍旧满地的开着；开了满地，没甚稀奇，大家都说这是乡下人看的。

我来看芍药，也看二月蓝；在社稷坛里几百年老松柏的面前，露出了乡下人的破绽。

这首诗大约要在北京中央公园看过花的人来读，否则有点漠然。我喜欢这首诗的原故也是因为这种新诗有一种朝气。这样的写景不是一般旧诗调子，也不是文情相生的，作者对于一件事情有一个整个的感觉，又写得很好，表现着作者的性情。作者另有一首新诗，描写北京大雪，却是旧诗的空气，我禁不住要把这一首《雪》抄了来，请大家比较观之，我觉得很有趣。《雪》是这样写的：

丁巳腊月大雪，高低远近，一望皆白；人声不喧哗，鸟声绝迹。

理想中的仙境：甚么“琼楼玉宇”，“水晶宫阙”；恐怕不如此时京城清洁。

人人都嫌北方苦寒，雪地冰天；我今却不愿可爱的红日，照我眼前。

不愿见日，日终当出。红日出，白雪消，粉饰仙境不坚牢，可奈他何。

这种诗便是旧诗的写法。第二句固然写得不好，完全是白话韵文，就将这一句写得更好，这首诗还是旧诗的空气。那时的新体诗多半是这个空气了。

所选第四首诗是：

三弦

中午时候，火一样的太阳，没法去遮拦，让他直晒着长街上。静悄悄少人行路；只有悠悠风来，吹动路旁杨树。

谁家破大门里，半院子绿茸茸细草，都浮着闪闪的金光，旁边有一段低低土墙，挡住了个弹三弦的人，却不能隔断那三弦鼓荡的声浪。

门外坐着一个穿破衣裳的老年人，双手抱着头，他不声不响。

这首《三弦》声名很大，大家都说好，我不必多说话了。最后我将沈尹默氏的《白杨树》选在这里：

白杨树

白杨树！白杨树！你的感觉好灵敏呵！微风吹过，还没摇动地上的草，先摇动了你枝上的叶。

没有人迹的小院落里，树上歇着几个小雀儿"啾啁啾啁"不住的叫，他是快乐吗？这样寂寞的快乐！

除了"啾啁啾啁"的小雀儿，不听见别的声响。地下睡着的一般人，他们沈沈的睡着，永远没有睡醒时。难道他们也快乐吗？这样寂寞的快乐！

白杨树！白杨树！现在你的感觉是怎么样的，你能告诉我吗？

六 《扬鞭集》

我今天早晨做了一件愉快的工作。真是一件愉快的工作。我料不到从《扬鞭集》里竟选了二十首诗之多，尚不嫌其多，有的还割爱。我要对《扬鞭集》的作者表示我的敬意。是的，在这里我对他表示敬意。这位作者已经死去了两年了，我今日因为选诗的原故乃成为他的新相知，能不有点惘然？然而我实是感得我做了一件愉快的工作。刘半农先生在世时我同他只是面熟，没有多谈话，其遗稿《双凤凰砖斋小品文》后来在杂志上发表，有一则题曰《记砚兄之称》，文云：

余与知堂老人每以砚兄相称，不知者或以为儿时同窗友也。其实余二人相识，余已二十七，岂明已三十三。时余穿鱼皮鞋，犹存上海少年滑头气，岂明则蓄浓髯，戴大绒帽，披马夫式大衣，俨然一俄国英雄也。越十年，红胡入关主政，北新封，《语丝》停，李丹忱捕，余与岂明同避菜厂胡同一友人家。小厢三楹，中为膳食所，左为寝室，席地而卧，右为书室，室仅一桌，桌仅一砚。寝，食，相对枯坐而外，低头共砚写文而已，砚兄之称自此始。居停主人不许多友来视，能来者余妻岂明妻之外，仅有徐耀辰兄传递外间消息，日或三四至也。时为民国十六年，以十月二十四日去，越一星期归，今日思之，亦如梦中矣。

其实那时这个菜厂胡同的人家我也去过，不过我不是半农先生的来客，他却向我探听过外间的消息，这是我同他初次谈话，记得我心里还有点笑他，总之这件事情我也忘了，他更记不得我了，今天我乃记得他，有心来翻看这段记事。三年前在北大上课时，休息室里恰巧总是我们两人遇见，两人也没有什么话谈。我实在对刘半农先生表示我的敬意，因为他在世时我心里对于他有不敬之意。我对于他的文章向来没有仔细读，他的诗最初在《新青年》杂志发表时我确曾热烈的崇拜过，如《新青年》四卷一号上面的《相隔一层纸》，然而那时我是少年，少年所崇拜的诗文每每是长大以后反而漠然的。后来《扬鞭集》出版，我也没有买来看。《初期白话诗稿》我早有一册，我对于初期白话诗回转头来有兴趣，差不多是这一册诗稿引起来的，然而诗稿里头偏没有刘半农先生自己的诗（诗稿是他印的），偏有他的一篇序，我对于这篇序又偏有不敬之意。这回为得要讲新诗的原故，心想刘半农这个名字我们总应该提到，完全是因为历史的关系，他是《新青年》时代新诗作家三大巨头之一。首先我所翻阅的便是《新青年》杂志，再是北社的《新诗年选》，再是《中国新文学大系·诗集》，所选刘氏的诗都很少，不容易见他的特色，我几乎本着向来的偏见把他敷衍一下完事，却不料今天拿了在别处借来的《扬鞭集》从头至尾读一遍，愈看愈眼明，我觉得我同《扬鞭集》的作者是新相知了。凑巧昨天我又把徐志摩的诗大体读了一遍，颇有所感触，于是《扬鞭集》我决定选二十首。《扬鞭集》自序有云："原来做诗只是发抒我个人的心情。发抒之后，旁人当然有评论的权利。但彻底的说，他们的评论与我的心情，究竟有得什么关系呢？"另外作者对于作新诗这件事情的认真，有这两册诗（《扬鞭集》出版上中二册）为证，我们后来的新诗作者，都应该敬重这一位新诗的元老了。《扬鞭集》里的诗当然有好些幼稚的地方，那些幼稚的地方我不禁都很是敬重，很是爱好。幼稚而能令人敬重，令人爱好，正是初期白话诗的价值，也正是诗人刘半农的真不可磨灭。我还是赶紧报告我的愉快的工作要紧。为得不多占篇幅起见，这二十首诗，我大约不能多解说。我先写下《母亲》这一首，这首诗我认为是《扬鞭集》压卷的一首：

母亲

黄昏时孩子们倦着睡着了，
后院月光下，静静的水声，
是母亲替他们在洗衣裳。

（一九二三,八,五，巴黎）

这首诗表现着一个深厚的感情，又难得写得一清如许。这首诗在《扬鞭集》中卷，差不多是作者在巴黎最后的诗，大约我读到这里，对于诗人刘半农已经稔熟了，又仿佛知道他在巴黎的情形，所以读到这首诗只是点头。这首诗，比月光下一户人家还要令人亲近，所以点头之后我又有点惊讶，诗怎么写得这么完全，这么容易，真是水到渠成了。这样的诗，旧诗里头不能有，在新诗里他也有他的完全的位置了。

下面的十九首，都照《扬鞭集》原来的次序抄选下来。

其实……

风吹灭了我的灯，又没有月光，我只得睡了。
桌上的时钟，还在悉悉的响着。窗外是很冷的，
一只小狗哭也似的呜呜的叫着。
其实呢，他们也尽可以休息了。

（一九一七，十二月，北京）

这首诗的年代很早，与《相隔一层纸》前后不多的日子写的，我觉得这诗里的情感真实，末句“其实呢，他们也尽可以休息了”写得质直，但也恰好。因此我对于《相隔一层纸》也觉得能以了解，那里的情感也不是浮夸的，只是写得“巧”一点，“屋子里拢着炉火，老爷吩咐开窗买水果，说‘天气不冷火太热，别任它烤坏了我。’屋子外躺着一个叫化子，咬紧了牙齿，对着北风喊‘要死’！可怜屋外与屋里，相隔只有一层薄纸！”我抄引这一首诗，也是想请大家比较观之。《相隔一层纸》写得巧一点，这个巧却正是沾惹了旧诗的调子。《其实》这一首我们只能说写得幼稚，这个幼稚却正是新诗的朝气，诗里的情感无有损失了。

案头

案头有些什么？一方白布，一座白磁观音，一盆青青的小麦芽，一盏电灯。灯光照着观音的脸，却被麦芽挡住了，看它不清。

（一九一七，十二月，北京）

无聊

阴沉沉的天气，里面一座小院子里，杨花飞得满天，榆钱落得满地。外面那大院子里，却开着一棚紫藤花。花中有来来往往的蜜蜂，有飞鸣上下的小鸟，有个小铜铃，系在藤上。春风徐徐吹来，铜铃叮叮当当，响个不止。

花要谢了，嫩紫色的花瓣，微风飘细雨似的，一阵阵落下。

（一九一八，五月五日，北京）

大风

我去年秋季到京，觉得北方的大风，实在可怕，想做首大风诗，做了又改，改了又做，只是做不成功。直到今年秋季，大风又刮得厉害了，才写定这四十多个字。一首小诗，竟是做了一年了！

呼啦！呼啦！
好大的风，
你年年是这样的刮，也有些疲倦么？
呼啦！呼啦！
便算是谁也不能抵抗你，你还有什么趣味呢？
呼啦！呼啦……

这首在《扬鞭集》目次里标明是一九一八年写的。我爱这诗里的生气。这种诗感很不容易写得下来，这疏疏的几行文字，做了一年，仍不失为一首诗。因了这首《大风》诗的原故，我想附带说几句神秘的话，即是说诗与散文确乎不是一个东西。大概作者自己觉得要写一首诗，读者读之也就是读一首诗。如果作者自己本是在那里布置写文章，读者读之也自然是读小说，读戏剧，或者读一篇散文了。好比庄子要写一篇《齐物论》，在文章里忽然来一句“大块噫气，其名为风”，这个风声决不是诗，因为庄子他本来不在那里写诗，所以我们读之只觉得庄子的文章一波未平一波又起了。散文便是前浪与后浪互相推出来的。说到风，我最记得莎士比亚的悲剧 *King Lear* 里面的一阵风，至今印象甚深，一个经历患难的人走在荒野，独白不幸，忽然迎着风道："那么，你吹罢，我所怀抱的是无影的空气，不幸者已经受了你的颠播，在你的呼啸里再有没有什么叫做打击。"因为作者是因文生情，我们读之也就不是一个诗的感觉，只觉得莎士比亚的文章波澜太多。《扬鞭集》里这一首小诗，虽然作者自己说他做了一年，在这一年之后他还是一个诗的感觉，即是说这个感觉自己完全，所以我们读着也觉得是一首诗，在疏疏几行文字里，我们当下是一个完全的读诗之感了。我这番话玄之又玄，无法证明，所以我首先就说是神秘的话。

中秋

中秋的月光，
被一层薄雾，
白濛濛的遮着。

暗而且冷的皇城根下，
一辆重车，
一头疲乏的骡，
慢慢的拉着。

（一九一九）

铁匠

叮当！叮当！
清脆的打铁声，
激动夜间沉默的空气。
小门里时时闪出红光，
愈显得外间黑漆漆的。

我从门前经过，
看见门里的铁匠。
叮当！叮当！
他锤子一下一上，
砧上的铁，
闪作血也似的光，
照见他额上淋淋的汗，
和他裸着的，宽阔的胸膛。

我走得远了，
还隐隐的听见
叮当！叮当！
朋友，
你该留心着这声音，

他永远的在沉沉的自然界中激荡。
你若回头过去，
还可以看见几点火花，
飞射在漆黑的地上。

（一九一九，九月，北京）

《中秋》与《铁匠》这两首诗，都写得很结实，表现着作者的个性。

拟装木脚者语

欧战初完时，欧洲街市上的装木脚的，可就太多了。一天晚上，小客栈里的同居的，齐集在客堂中跳舞；不跳舞的只是我们几个不会的，和一个装木脚的先生。

灯光闪红了他们的欢笑的脸，
琴声催动了他们的跳舞的脚。

他们欢笑的忙，跳舞的忙，
把世界上最快乐的空气，
灌满了这小客店里的小客堂。

我呢？……
我还是多抽一两斗烟，
把我从前的欢乐想想；
我还是把我的木脚，
在地板上点几下板，
便算是帮同了他们快乐，
便算是我自己也快乐了一场。
（一九二〇，三，二七，伦敦）

这首诗写着寂寞，却也写得很快乐，因为是天真的空气，总之是作者的感情敦厚，与后面的《老木匠》那一首对看，最见性情。

牧羊儿的悲哀

他在山顶上牧羊，
他抚摩着羊颈的柔毛，
说“鲜嫩的草，
你好好的吃罢！”

他看见山下一条小涧，

急水拥着落花，
不住的流去。
他含着眼泪说：
“小宝贝，你上那里去？”

老鹰在他头顶上说：
“好孩子！我耍把戏给你看：
我来在天顶上打个大圈子！”

他远望山下的平原：
他看见礼拜堂的塔尖，
和礼拜堂前的许多墓碣；
他看见白雾里，
隐着许多人家。
天是大亮的了，
人呢？——早咧，早咧！

哇！
他回头过去，放声号哭：
“羊呢？我的羊呢？”
他眼光透出眼泪，

看见白雾中的人家；
看见静的塔尖，
冷的墓碣。
人呢？——早咧！

天是大亮的了！
他还看见许多野草，
开着金黄色的花。

（一九二〇，六，七，伦敦）

这首《牧羊儿的悲哀》与下面所选的《一个小农家的暮》，《稻棚》，在晚期的《新青年》杂志上发表时，我读之觉得喜欢，到现在还有着印象。刘半农的新诗，如果我今天不读《扬鞭集》，好像就只记得三首。至于《相隔一层纸》虽然记得，却只是给我一点经验，对于现在的少年们要求一种什么文学的意思，能以了解，少年都是一样。

雨

（这全是小蕙的话，我不过替她做个速记，替她连串一下便了。一九二〇，八，六，伦敦）

妈！我今天要睡了——要靠着我的妈早些睡了。

听！后面草地上，更没有半点声音；是我的小朋友们，都靠着他们的妈早些去睡了。

听！后面草地上，更没有半点声音；只是墨也似的黑！只有墨也似的黑！怕啊！野狗野猫在远远地叫，可不要来啊！只是那叮叮咚咚的雨，为什么还在那里叮叮咚咚的响？

妈！我要睡了！那不怕野狗野猫的雨，还在墨黑的草地上，叮叮咚咚的响。它为什么不回去呢？它为什么不靠着它的妈，早些睡呢？

妈！你为什么笑？你说它没有家么？——昨天不下雨的时候，草地上全是月光，它到那里去了呢？你说它没有妈么？——不是你前天说，天上的黑云，便是它的妈么？

妈！我要睡了！你就关上了窗，不要让雨来打湿了我们的床。你就把我的小雨衣借給雨，不要让雨打湿了雨的衣裳。

这首诗很美。“只是那叮叮咚咚的雨，为什么还在那里叮叮咚咚的响？”“你说它没有家么？——昨天不下雨的时候，草地上全是月光，它到那里去了呢？”“你就把我的小雨衣借给雨，不要让雨打湿了雨的衣裳。”这些都是美的诗句。

教我如何不想她

〔歌〕

天上飘着些微云，
地上吹着些微风。
啊！

微风吹动了我头发，
教我如何不想她？

月光恋爱着海洋，
海洋恋爱着月光。

这般蜜也似的银夜，
教我如何不想她？

水面落花慢慢流，
水底鱼儿慢慢游。
啊！

燕子你说些什么话?
教我如何不想她?

枯树在冷风里摇,
野火在暮色中烧。
啊!
西天还有些儿残霞,
教我如何不想她?

(一九二〇,九,四, 伦敦)

这首诗很不容易写。起初我是翻阅《中国新文学大系·诗集》见有《教我如何不想她》这么个题目,心想这首诗倒要读他一遍,一读却一口气把他读完了。我说一口气把他读完了,正是我称赞这首诗的意思,正是这首诗的真实,令人心悦诚服。现在我因为读了《扬鞭集》之后,又觉得这首诗写得真实,是当然的。诗人刘半农原是很结实的人物。

一个小农家的暮

她在灶下煮饭,
新砍的山柴,

必必剥剥的响。
灶门里嫣红的火光，
闪着她嫣红的脸，
闪红了她青布的衣裳。

他衔着个十年的烟斗，
慢慢的从田里回来；
屋角里挂去了锄头，
便坐在稻床上，
调弄着只亲人的狗。

他还踱到栏里去，
看一看他的牛；
回头向她说：
“怎样了——
我们新酿的酒？”

门对面青山的顶上，
松树的尖头，
已露出了半轮的月亮。

孩子们在场上看着月，
还数着天上的星：
“一，二，三，四……”
“五，八，六，两……”

他们数，他们唱：
“地上人多心不平，
天上星多月不亮。”

（注）末二句是江阴谚。

（一九二一，二，七，伦敦）

稻棚

记得八九岁时，曾在稻棚中住过一夜。这情景是不能再得的了，所以把它追记下来。

（一九二一，二，八，伦敦）

凉爽的席，
松软的草，
铺成张小小的床；
棚角里碎碎屑屑的，
透进些银白的月亮光。

一片唧唧的秋虫声，
一片甜蜜蜜的新稻香——
这美妙的浪，
把我的幼稚的梦托着翻着……
直翻到天上的天上……

回来停在草叶上，
看那晶晶的露珠，
何等的轻！
何等的亮！……

回声

一

他看着白羊在嫩绿的草地上，
慢慢的吃着走着。
他在一座黑压压的
树林的边头，
懒懒的坐着。
微风吹动了树上的宿雨，
冷冰冰的向他头上滴着。

他和着羊颈上的铃声，
低低的唱着。
他拿着枝短笛，
应着潺潺的流水声，
呜呜的吹着。

他唱着，吹着，
悠悠的想着；
他微微的叹息；
他火热的泪，
默默的流着。

二

该有吻般甜的蜜？
该有蜜般甜的吻？
有的？……
在那里？……

“那里的海”，
无量数的波棱，
纵着，横着，

铺着，叠着，
翻着，滚着，……
我在这一个波棱中
她又在那里？

也似乎看见她，
玫瑰般的唇，
白玉般的体，……
只是眼光太钝了，
没看出面目来，
她便周身浴着耻辱的泪，
默默的埋入那
黑压压的树林里！

黑压压的树林，
我真看不透你，
我真已看透了你！
我不要你在大风中
向我说什么；
我也很柔弱，
不能钩鳄鱼的鳃，

不能穿鳄鱼的鼻，
不能叫它哀求我，
不能叫它谄媚我；
我只是问，
她在那里？
“那里？”回声这么说。

唉！小溪里的水，
你盈盈的媚眼给谁看？
无聊的草，你怎年年的
替坟堰做衣裳？

去罢？——住着！——
住着？——去罢！——

这边是座旧坟，
下面是死人化成的白骨；
那边是座新坟，
下面是将化白骨的死人。

你！——你又怎么？
“你又怎么？”——回声这么说。

三

他火热的泪，
默默的流着；
他微微的叹息；
他悠悠的想着；
他还吹着，唱着：
他还拿着枝短笛，
应着潺潺的流水声，
呜呜的吹着；
他还和着羊颈上的铃声，
低低的唱着。

微风吹动了树上的宿雨，
冷冰冰的向他头上滴着；
他还在这一座黑压压的
树林的边头，
懒懒的坐着。
他还充满着愿望，
看着白羊在嫩绿的草上，

慢慢的吃着走着。

(一九二一,二,一〇,伦敦)

这一首《回声》，文情俱充实，写得很好。至于这首诗的意思怎么样，我不想另外加解说，让各人自己去读。我只想告诉大家，刘半农的诗原来乃只是蕴积的，是收敛的，而不是发泄的，这正是他的感情深厚之故，因此像《回声》这一首诗，我们读之只觉得有少的，没有多余的，其铺排的地方乃是诗的文采，乃是诗人的感情了。

耻辱的门

……生命中挣扎得最痛苦的一秒钟，
现在已安然的过去了！
这一刻——正恰恰是这一刻——
我已决定出门卖娼了！

自然的颜色，
从此可以捐除了；
榴火般红的脂，
粉壁般白的粉，
从此做了我谋生的工具了。

这亦许是值得纪念的一天，
唉！……
但是算了罢，
我又不是做人家没做过的事，
算了罢，就是这么罢！

预料今后的你和我，
已处于相异的世界了！——
你可以玩弄我；
你，原是这个你，可以辱骂我。
你可以用金钱买我的爱。
（无论这爱是真的，是假的，
却总得给你买些去，）
而你转背就可以骂我是下流，骂我是堕落！
我呢？我除吞声承受外，
那空气，你的上帝所造的空气，
还肯替我的呻吟，
颤动出一半个低微的声浪么？
你转动着黄莺般灵妙的嘴与舌，
说人格，说道德，

说什么，说什么，……
唉！不待你说我就知道了；
而且我的宝贵它，
又何必不如你？
但饥饿总不是儿戏的事，
而人生的归结，
也总不是简单的饿死罢？

亦许多承你能原谅我。
我不敢说你的原谅是假意的；
但是唉！不免枉受了盛情了，——
我能把我最后挣扎的痛苦，
使你同样的感到一分么？

我承认你——
你的玩弄，侮辱，与原谅，
都是，而且永远是不错的，
因为你是个幸运者！
但是，也能留得一条我走的路么？——
唉！这也只是不幸运者的空想罢？
到我幸运像你时，

亦许我也就同你一样了。

多余的话太多了！
再见罢！
从此出了这一世，
走入别一世：
钻进耻辱的门，
找条生存的路！……

贼！时间是记忆的贼，
可是过去的事也总得忘记了！
再见罢，从此告别今天的我：
我此后不再记忆你，
不再认识你；
因为我既然要活着，
怎能容得你这死鬼的魂，
做我钻心的痛刺呢？……

（一九二一，七，一六，巴黎）

这首诗后面作者附有《后序》，我觉得可不必抄引。这样的诗选在这里很占篇幅，然而我们不能割爱。这种题目都不容易写，非诗里头真有质量不可轻易下笔。这种诗最容易露马脚，写这种诗也最见诗人的本色。《扬鞭集》作者是很结实的诗人，所以他可以欲罢不能的写，虽然稍占篇幅，我也愉快的抄选下来了。

巴黎的秋夜

井般的天井：
看老了那阴森森的四座墙，
不容易见到一丝的天日。
什么都静了，
什么都昏了，
只飒飒的微风，
打玩着地上的一张落叶。

（一九二一，八，二〇，巴黎）

小诗

酷虐的冻与饿，
如今挨到了我了；
但这原是人世间有的事，
许多的人们冻死饿死了。

（一九二一，九，一七，巴黎）

像这首《小诗》，很不容易写得好，作者却写得恰好，甚不易得。这正是作者的性情好，故能将一个难得表现合式的感情很朴质的表现着了。这种情感原是很平常的，人人可有的，要表现着平常生活的情感却最见性情，见学问，便是孔子说的“能近取譬，可谓仁之方也已。”

老木匠（记小儿语）

我家住在楼上，
楼下住着一个老木匠。
他的胡子花白了，
他整天的弯着腰，
他整天的叮叮当当敲。
他整天的咬着个烟斗，
他整天的戴着顶旧草帽。
他说他忙啊！
他敲成了许多桌子和椅子。
他已送给了我一张小桌子。
明天还要送我一张小椅子。

我的小柜儿坏了，
他给我修好了；

我的泥人又坏了，
他说他不能修，
他对我笑笑。

他叮叮当当的敲着，
我坐在地上，
也拾些木片儿的的搭搭的敲着。
我们都不做声，
有时候大家笑笑。

他说“孩子——你好！”
我说“木匠——你好！”
我们都笑了，
门口一个邻人
（他是木匠的朋友，
他有一只狗的，）
也哈哈的笑了。
他敲着烟斗向我说：
“孩子——你好！
我喜欢的是孩子。”
我说“要是孩子好，

怎么你家没有呢？”
他说“唉！
从前是有的，
现在可没有了。”
他说了他就哭，
他抱了我亲了一个嘴；
我也不知怎么的，
我也就哭了。

（一九二一，一〇，一，巴黎）

梦

正做着个很好的梦，
不知怎的忽然就醒了！
回头努力的去寻罢！
可是愈寻愈清醒，梦境愈离愈远了！

眼里的梦境渐渐远，
心里的梦影渐渐深；
将近十年了，
我还始终忘不了！

要忘是忘不了，
要寻是没法儿寻。
不要再说自由了，
这点儿自由我有么？

（一九二三，六，二九，巴黎）

我抄选这一首《梦》，我觉得很有趣，因为我记起《尝试集》里的《一笑》来了，那里的一首《一笑》同这里的一首《梦》，对比观之确是很有趣。

《一笑》一诗自然很有一种风度，却是铺张成篇，诗里的感情反而不足。《扬鞭集》这一首《梦》，却是感情充实，姿态见得老实一点，正是寂寞的姿态了。

尽管是……

她住在我对窗的小楼中，
我们间远隔着疏疏的一园树。
我虽然天天的看见她，
却还是至今不相识。
正好比东海的云，
关不着西山的雨。

只天天夜晚，
她窗子里漏出些琴声，
透过了冷冷清清的月，
或透过了屑屑濛濛的雨，
叫我听着了无端的欢愉，
无端的凄苦；
可是此外没有什么了，
我与她至今不相识，
正好比东海的云
关不着西山的雨。

这不幸的一天可就不同了，
我没听见琴声，
却隔着朦胧的窗纱，
看她傍着盏小红灯，
低头不住的写，
接着是捧头不住的哭，
哭完了接着又写，
写完了接着又哭，……
最后是长叹一声，
将写好的全都扯碎了！……

最后是一口气吹灭了灯，
黑沈沈的没有下文了！……

黑沈沈的没有下文了，
我也不忍再看下文了！
我自己也不知怎么着，
竟为了她的伤心，
陪着她伤心起来了。

我竟陪着她伤心起来，
尽管是我们俩至今不相识；
我竟陪着她伤心起来了，
尽管是我们间
还远远隔着疏疏的一园树；
我竟陪着她伤心起来，
尽管是东海的云，
关不着西山的雨！

（一九二三，七，九，巴黎）

我费了这么多的篇幅将《扬鞭集》十九首诗也都抄完了，而我认为《扬鞭集》压卷的诗，那一首《母亲》，乃是诗的纯净的表现，是新诗里最完全的诗篇之一了。那首诗只有三行文字，写得那么容易，那是庄严，那么令人亲近。正非偶然，是作者整个人格的蕴积，遇着一件最适合于他的题材，于是水到渠成了。我在抄选《扬鞭集》的时候，不禁起一种感想，我总觉得徐志摩那一派的人是虚张声势，在白话新诗发展的路上，他们走的是一条岔路，却因为他们自己大吹大擂，弄得像煞有介事似的，因而阻碍了别方面的生机，初期白话诗家的兴致似乎也受了打击了，这不能不说是一件寂寞的事。新月派的诗人，其勤勉虽然可钦，其缺乏反省精神，也只好说是功过相抵，他们少数人的岔路几乎成为整个新诗的一条冤枉路，——终于还是此路不通行，故我说是冤枉路。这几句话是因为今天讲《扬鞭集》起的感想，随后再谈。

七　鲁迅的新诗

鲁迅先生也写了几首新诗，当时署名“唐俟”在《新青年》杂志上发表。唐俟的新诗第一回见于《新青年》第四卷第五号，时候为民国七年五月。我现在选一首《他》，见于八年四月出版的《新青年》第六卷第四号。

他

一

“知了”不要叫了，
他在房中睡着；
“知了”叫了，刻刻心头记着。
太阳去了，“知了”住了，——还没有见他，
待打门叫他，——锈铁链子系着。

二

秋风起了，
快吹开那家窗幕。
开了窗幕，——会望见他的双靥。
窗幕开了，——一望全是粉墙，
白吹下许多枯叶。

三

大雪下了，扫出路寻他；
　这路连到山上，山上都是松柏，
　他是花一般，这里如何住得！
不如回去寻他，——阿！回来还是我家。

《新青年》杂志所刊这首诗，原也有错字，但都错得没有意思，一望而知其为错字，北社《新诗年选》选了这一首《他》，将几处错字都改正了。惟原诗“锈铁链子系着”的“锈”字，《新诗年选》误刊作“绣”，《中国新文学大系·诗集》因之，于是就成了“绣铁链子系着”，这一个错字似乎错得有点意思，我们应该改过来。《新青年》上所刊原诗的样式与选集所载也有小小的一点不同，即第三节二三两行原刊比第一行低一格，兹亦照原刊样式。鲁迅先生这一首《他》，我觉得是他的新诗写得最美的一首，即是说这一首《他》最是诗，其余几首便像短文，写得很峻绝罢了。这一首《他》怎么讲？便很难说。我曾问了几位朋友的读后感，大家有一个公共的感觉，说这首诗好像是新诗里的魏晋古风。这首诗里的情思，如果用旧诗来写，一定不能写得这样深刻，而新诗反而有古风的苍凉了。这首诗用旧诗来写恐怕还要容易懂些，那就要把作者的情调改削一些，要迁就于做旧诗的句法。新诗真是适宜于表现实在的诗感。这首诗所给我的，是“感彼柏下人”的空气。这首诗对于我的印象颇深，我总由这一首《他》联想到鲁迅先生《写在〈坟〉后面》那篇文章，那时鲁迅先生在厦门，我在《语丝》上读到他这篇《坟》的后记，不禁想着他很是一位诗人。这个诗人的感情，自然还是以较早的这一首新诗表现得最美好，我们读之也最感苍凉。在《药》那一篇小说里，描写着“分明有一圈红白的花，围着那尖圆的坟顶”，虽然《呐喊》自序里说，那时大家是不主张消极的，“所以我往往不恤用了曲笔，在《药》的瑜儿的坟上平空添上一个花环”，我想原因还是因为鲁迅先生自己的诗的感觉罢，写到坟上他想到了画一点花。这个诗的感觉在我们现在所讲的这一首新诗里也显露着，“大雪下了，扫出路寻他；这路连到山上，山上都是松柏，他是花一般，这里如何住得！”这首诗里诗人的气氛太重了，像陶渊明的《荣木》与夫“寒华徒自荣”本来不完全是诗，尚有哲人的消遣法，鲁迅先生的《他》则是坟的象征，即是他说的“埋掉自己”，即完全是一首诗，乃有感伤。这首诗分三节，作者似乎也是有意的，即是春天的一节不写了，这或者因为作者自己觉得青年时期已经过去了，或者因为鲁迅先生对于青年向来有一种感情，他的文章里都有这个气息，所以他在这首诗也不愿把春光放在他的“俟堂”的空气里。俟堂系鲁迅先生自己起的斋名，从他人的“待死堂”三个字变成两个字。在《新青年》写随感录同新诗都署名“唐俟”，又是从俟堂变来的，唐有此姓，又唐者功不唐捐之唐，意云空等候。

八 《小河》及其他

今天我们讲周作人先生的新诗。周先生的新诗，后来结成一个集子名为《过去的生命》，周先生在序里说："这里所收集的三十多篇东西，是我所写的诗的一切。"有名的一首《小河》长诗，原刊于民国八年二月初版的《新青年》第六卷第二号，当时大家异口同声的说这一首《小河》是新诗中的第一首杰作。最初的白话新诗都脱不了旧诗词的气息，大家原是自动的要求诗体的解放，何以还带着一种解放不了的意味呢？我想这还是因为内容的问题。大家习于旧诗词，大家新诗的题材离旧诗词不远，旧诗词的调子便本能似的和着新诗的盘子托出来了。胡适之先生缠足的比喻已经注定了命运，缠足的妇人就是缠足的妇人，虽然努力放脚，与天足的女子总不是一个自然了。到了《小河》这样的新诗一出现，大家便好像开了一个眼界，于是觉得新诗可以是这样的新法了。大家见了《小河》这首白话新诗这么的新鲜，而当时别人的新诗，无论老的少的，那么带有旧诗词的意味，于是就说别人的新诗是从旧式诗词里脱胎出来的，周先生的诗才合乎说话的自然，或者说周先生的语体走上欧化一路。其实这都是表面的理由，根本原因乃是因为周先生的新诗，其所表现的东西，完全在旧诗范围以外了。中国这次新文学运动的成功，外国文学的援助力甚大，其对于中国新文学运动理论上的声援又不及对于新文学内容的影响。这次的新文学运动因为受了外国文学的影响，新文学乃能成功一种质地。新文学的质地起初是由外国文学开发的，后来又转为“文艺复兴”，即是由个性的发展而自觉到传统的自由，于是发现中国文学史上的事情都要重新估定价值了，而这次的新文学乃又得了历史上中国文艺的声援，而且把古今新的文学一条路沟通了，远至周秦，近迄现代，本来可以有一条自由的路。这个事实揭穿之后又是一个很平常的事实，正同别的有文学史的国度是一样，一国的文学都有一国文学的传统。只是中国的事情歪曲很多，大约与八股成比例，反动势力永远拨不开，为别人的国度里所没有的现象。周作人先生在新文学运动中，起初是他介绍外国文学，后来周先生又将中国文学史上的事情提出来了，虽然周先生是思想家，所说的又都是散文方面的话，然而在另一方面周先生却有一个“奠定诗坛”的功劳。我这话好像是说得好玩的，当然有点说笑话，然而笑话也要有事实的根据。现在的年青诗人都是很新的诗人了，对于当日的事情不生兴趣，当日的事情对于他们也无关系，较为早些日子做新诗的人如果不是受了《尝试集》的影响就是受了周作人先生的启发。而且我想，白话新诗运动，如果不是随着有周作人先生的新诗做一个先锋，这回的诗革命恐怕同《人境庐诗草》的作者黄遵宪在三十年前所喊出的“我手写我口，古岂能拘牵，即今流俗语，我若登简编，五千年后人，惊为古斓斑”一样的革不了旧诗的命了。黄遵宪所喊的口号，就是一首旧诗。我在本篇第五讲里引《新青年》一段补白，里面引了寒山和尚一首诗，寒山和尚的宗旨也就等于黄遵宪的宗旨，都是要用白话作诗。他们用白话作诗，又正是作一首旧诗。我们这回的白话诗运动，算是进一步用白话作诗不作旧诗了，然而骨子里还是旧诗，作出来的是白话长短调，是白话韵文。这样的进一步更是倒霉，如果新诗仅以这个情势连续下去，不但革不了旧诗的命，新诗自己且要抱头而窜，因为自身反为一个不伦不类的东西，还不如人境庐白话诗可以旧诗的资格在诗坛上傲慢下去了。我这样说话，并不是嘲笑当时的诗革命运动，我乃是苦心孤诣的帮助白话新诗说话。白话新诗要有白话新诗的内容，新诗所表现的东西与旧诗词不一样，然后新诗自然是白话新诗了。周作人先生的《小河》，其为新诗第一首杰作事小，其能令人眼目一新，诗原来可以写这么些东西，却是关系白话新诗的成长甚大。青年们看了周先生所写的新诗，大家不知不觉的忘了裹脚布，立地便是天足的女孩子们想试试手段了。从此新诗有离开旧诗的可能，因为少年人的诗国里已经有一块园地了。这时新诗的园地有点像幼稚园，大人们的理论都没有用处，男孩子女孩子都在那里跳来跳去的作诗了。周先生稍后又翻译了国外的一些诗歌，成功所谓“小诗”空气，都给少年们开发了一些材料。周先生翻译的诗歌后来结成一集，名曰《陀螺》。我现在从《过去的生命》里选诗十首，共八个题目，关于每首诗我却不能加解说了。

小河

一条小河，稳稳的向前流动。
经过的地方，两面全是乌黑的土，
生满了红的花，碧绿的叶，黄的果实。
一个农夫背了锄来，在小河中间筑起一道堰。
下流干了，上流的水被堰拦着，下来不得，
不得前进，又不能退回，水只在堰前乱转。

水要保他的生命，总须流动，便只在堰前乱转。
堰下的土，逐渐淘去，成了深潭。
水也不怨这堰，——便只是想流动。
想同从前一般，稳稳的向前流动。

一日农夫又来，土堰外筑起一道石堰。
土堰坍了，水冲着坚固的石堰，还只是乱转。

堰外田里的稻，听着水声，皱眉说道，——
“我是一株稻，是一株可怜的小草，
我喜欢水来润泽我，
却怕他在我身上流过。
小河的水是我的好朋友，
他曾经稳稳的流过我面前，
我对他点头，他向我微笑。
我愿他能够放出了石堰，
仍然稳稳的流着，
向我们微笑，
曲曲折折的尽量向前流着，
经过的两面地方，都变成一片锦绣。
他本是我的好朋友，
只怕他如今不认识我了，
他在地底里呻吟，

听去虽然微细，却又如何可怕！
这不像我朋友平日的声音，
被轻风挽着走上沙滩来时，
快活的声音。
我只怕他这回出来的时候，
不认识从前的朋友了，——
便在我身上大踏步过去。
我所以正在这里忧虑。”

　　田边的桑树，也摇头说，——
　　“我生的高，能望见那小河，——
他是我的好朋友，
他送清水给我喝，
使我能生肥绿的叶，紫红的桑葚。
他从前清澈的颜色，
现在变了青黑，
又是终年挣扎，脸上添出许多痉挛的皱纹。
他只向下钻，早没有工夫对了我的点头微笑。
堰下的潭，深过了我的根了。
我生在小河旁边，
夏天晒不枯我的枝条，
冬天冻不坏我的根。

如今只怕我的好朋友，
将我带倒在沙滩上，
拌着他卷来的水草。
我可怜我的好朋友，
但实在也为我自己着急。”

田里的草和虾蟆，听了两个的话，
也都叹气，各有他们自己的心事。

水只在堰前乱转，
坚固的石堰，还是一毫不摇动。
筑堰的人，不知到那里去了。

（一九一九年一月二十四日）

所见

三座门的底下，
两个人并排着慢慢地走来，
一样的憔悴的颜色，
一样的戴着帽子，
一样的穿着袍子，
只是两边的袖子底下，
拖下一根青麻的索子。
我知道一个人是拴在腕上，

一个人是拿在手里，
但我看不出谁是谁来。
　　皇城根的河边，
几个破衣的小孩们，
聚在一处游戏。
“马来，马来！”
骑马的跨在他同伴的背上了。
等到月亮上来的时候，
他们将柳条的马鞭抛在地上，
大家说一声再会，
笑嘻嘻的走散了。

（一九二〇年十月二十日）

儿歌

　　小孩儿，你为什么哭？
你要泥人儿么？
你要布老虎么？
　　也不要泥人儿，
也不要布老虎。
对面杨柳树上的三只黑老鸹，
哇儿哇儿的飞去了。

秋风

一夜的秋风，
吹下了许多树叶，
红的爬山虎，
黄的杨柳叶，
都落在地上了。
只有槐树的豆子，
还是疏朗朗的挂着。

几棵新栽的菊花，
独自开着各种的花朵。
也不知道他的名字，
只称他是白的菊花，黄的菊花。

（十一月四日）

过去的生命

这过去的我的三个月的生命，那里去了？
没有了，永远的走过去了！
我亲自听见他沉沉的缓缓的一步一步的，
在我床头走过去了。
我坐起来，拿了一枝笔，在纸上乱点，
想将他按在纸上，留下一些痕迹，——

但是一行也不能写，
一行也不能写。
我仍是睡在床上，
亲自听见他沉沉的他缓缓的，一步一步的，
在我床头走过去了。

（一九二一年四月四日在病院中）

中国人的悲哀

　　中国人的悲哀呵，
我说的是做中国人的悲哀呵。
也不是因为外国人欺侮了我，
也不是因为本国人迫压了我：
他并不指着姓名要打我，
也并不喊着姓名来骂我。
他只是向我对面走来，
嘴里哼着些什么曲调，一直过去了。
我睡在家里的时候，
他又在墙外的他的院子里，
放起双响的爆竹来了。

（四月六日）

山居杂诗

六

后窗上糊了绿的冷布，
在窗口放着两盆紫花的松叶菊。
窗外来了一个大的黄蜂，
嗡嗡的飞鸣了好久，
却又惘然的去了。
阿，我真做了怎样残酷的事呵！

（六月二十二日）

七

“苍蝇纸”上吱吱的声响，
是振羽的机械的发音么？
是诉苦的恐怖的叫声么？
“虫呵，虫呵！难道你叫着，业便会尽了么？”（注一）
我还不如将你两个翅子都粘上了罢。

（注一）这是日本古代失名的一句诗。

（二十五日）

小孩

一

　　我初次看见小孩了。
我看见人家的小孩，觉得他可爱，
因为他们有我的小孩的美，
有我的小孩的柔弱与狡狯。
我初次看见小孩了，
看见了他们的笑和哭，
看见了他们的服装与玩具。

二

　　我真是偏私的人呵。
我写了自己的儿女才爱小孩，
为了自己的妻才爱女人，
为了自己才爱人。
但是我觉得没有别的道路了。

（一九二二年一月十八日）

我抄写这十首诗，每篇都禁不住要写一点我自己的读后感，拿了另外的纸写，写了又团掉了。我觉得写的不好，写的反而是空虚的话。于是我又很自满足，我觉得我将周先生的诗选的很好，周先生的和平与文明的德行，平平实实，疏疏朗朗的写在这些诗行里了。我又爱好这些诗里一种新鲜气息，比“日出而作，日入而息，凿井而饮，耕田而食”还要新鲜，因此也就很古了。却又不能说羲皇以上，因为是现代的文明人。却又表现在最初的新诗里头。真真古怪，真真有趣，而且令我叹息。

九 《草儿》

康白情的《草儿》，是很惹我注意的一本新诗集。《草儿》是民国十一年三月出版的。后来又有修正版，书名改为《草儿在前》，其实这并没有什么重要的意义，就历史的意义说我们还是讲《草儿》。我最初注意《草儿》，还是在《努力周报》的增刊《读书杂志》上读了胡适之先生《评新诗集〈草儿〉》一篇文章引起来的，觉得那些诗真是新鲜爽利，一直留着一个很好的记忆。这很像读了人家的游记，惹得自己也想去看看这一幅佳山水，但因为别的事情搁起来了，于是这件事情也就忘记了。事隔多年之后，在《中国新文学大系·诗集》里读到康白情的新诗，于是往日的记忆又流动起来了。我还得感谢那一首《和平的春里》，由这一首新诗引起我爱好一首很古的歌辞：

江南可采莲，莲叶何田田。鱼戏莲叶间。鱼戏莲叶东，鱼戏莲叶西，鱼戏莲叶南，鱼戏莲叶北。

这首古歌辞的古新鲜，一种质直的别致，与康白情的天籁实在并无相同的地方，然而我因为读了《和平的春里》触动我对于鱼戏莲叶东的欣赏，这里也便见康白情的这一首新诗令人不可及之处。这回我拿了《草儿》从头至尾一首一首的读，第一遍还是欲罢不能，觉得他写的真是很新鲜，真是“读来爽口，听来爽耳”，因此读了也就不得要领。于是我再从头至尾读一遍，再读一遍乃随处引起我的思索，不欲停读而不能，还是关于新诗由《草儿》引起我有一些话可说。于是我开始选《草儿》里的诗，选出来的新诗却只有四首，我很有点可惜似的，这么一种新鲜的诗集怎么只选得这四首。现在我且把我所选的《草儿》里四首诗抄出来，然后再说别的话。

窗外

窗外的闲月
　紧恋着窗内蜜也似的相思。
相思都恼了，
　她还涎着脸儿在墙上相窥。

回头月也恼了，
　一抽身儿就没了。
月倒没了；
　相思倒觉着舍不得了。
　　　　　　（一九一九年二月九日，北京）

江南

一

只是雪不大了，
颜色还染得鲜艳。
赭白的山，
油碧的水，
佛头青的胡豆土。
橘儿担着；
驴儿赶着；
蓝袄儿穿着；
板桥儿给他们过着。

二

赤的是枫叶，
黄的是茨叶，

白成一片的是落叶。
坡下一个绿衣绿帽的邮差
撑着一把绿伞——走着。
坡上踞着一个老婆子，
围着一块蓝围腰，
咵咵的吹得柴响。

三

柳桩上拴着两条大水牛。
茅屋都铺得不现草色了。
一个很轻巧的老姑娘
端着一个撮箕，
蒙着一张花帕子。
背后十来只小鹅
都张着些红嘴，
跟着她，叫着。
颜色还染得鲜艳，
只是雪不大了。

（一九二〇年二月四日，津浦铁路车上）

和平的春里

遍江北底野色都绿了。
柳也绿了。
麦子也绿了。
细草也绿了。
鸭尾巴也绿了。
茅屋盖上也绿了。
穷人底饿眼儿也绿了。
和平的春里远燃着几团野火。

（四月四日，津浦铁路车上）

自得

中夏什刹海底清晨
是一组复杂的音乐，
是一幅活的画。

铁嘴儿飞着叽哩呱喇地叫。
鹌鹑儿对对地跟着，唧的一声，又投向芦苇里
　去了。
白的小蝴蝶儿端在空中飘着惹燕子。
柳阴里露出几栏遮不住底红楼，

一根挑子在楼下走着叫白菜。

满担底绿桃子红李子在一家屋檐下搁着。
卖东西的却坐在一块青石磴上打渴睡。
侧边又有一个斑白的老头子，一针一针地坐在
　阶级上补他春天底破棉袄。
檐上底老乌呱的一声，
他举头看了一眼湖里底红藕。

沟里有些鱼儿跳出来晒肚皮，
——卷出水红色的白肚皮——
碧水一井，又振起一个圈儿。
忽然飞来一只白鹭夹了一尾去了。

荷叶吹了些清香出来。
西山从屋顶上露了些黛晕出来。
白云在蓝空里随意浮动。
军警弹压处底五色旗晒在红楼边底篾棚下浪着。
隔岸一个打赤膊的，叽嘎叽嘎地推过满车白亮
　亮的冰。……
一组复杂的音乐，

一幅活的画，
尽在中夏什刹海底清晨里。

（六月二十二日）

《草儿》确是新诗运动声中很有意义的一本诗集。没有新诗运动一定没有康白情的这些诗，康白情的新诗大约又不能继续写下去，这两句话是我这回读了《草儿》总结的话。原来这里好像摆着一个事实，即是中国的白话新诗能够发展些什么东西。

康白情的新诗的文章，是《儒林外史》《老残游记》的文章，但他又确乎是写诗的人，因为他的天才是音乐的，是诗的天才。胡适之先生评《草儿》那篇文章里，引了《江南》作例子，说"江南的长处在于颜色的表现，在于自由的实写外界的景色。"又说，"但这种诗假定两个条件：第一须有敏捷而真确的观察力，第二须有聪明选择力。"胡先生这话只是说得表面，康白情的诗里所写的，并不是从真确的观察得来的，他当然也有他的选择，但他是"点点不离杨柳外，声声只在芭蕉里"，即是说，外界的景色要恰恰碰在他的诗情的弦上，于是这个音乐就响起来了。这里头没有观察，这里头其实连选择也没有，只是刚好碰上，一碰上，再是挑拨，于是就自由的歌唱起来了。

碰得好乃一首好诗，真是“谁把钿筝移玉柱，穿帘燕子双飞去。”碰得不好，或者诗弦并不十分紧张，有心来撩弄，于是诗便无论如何不是成功之作。总之这种诗的作者的天才都是音乐的，惟其是音乐的，写出来的东西才是颜色的交响。在旧诗里头也是如此，不过那更是主观的抒情。我且举韦庄的词，如：

琵琶金翠羽，弦上黄莺语。劝我早归家，绿窗人似花。

这四句里头好几个颜色的字，然而我们读之而不觉，只觉得读来爽口，听来爽耳。实在写这词的人他也没有故意挑这几个颜色的字眼，他只是抒情，只是琴音罢了。又如晏几道有名的一首词，于“琵琶弦上说相思”句下紧接着“当时明月在，曾照彩云归”，诗人自己回忆月下美人，或者还是一个蛾绿桃红的印象，即是说记忆新鲜得很，于是就不知不觉的明月照着彩云，并不同乎普通的代字。大凡这类的诗人，都是抒情诗人，他们的眼里如是颜色，他们的笔下却是弹琴。有时又先是琴声然后表现之于画色，如这四句：

> 桃溪不作从容住，秋藕绝来无续处，当时相候赤栏桥，今日独寻黄叶路。

赤栏桥黄叶路正是音乐的表现，这些地方正是一气呵成一派的诗，与其说是人工，毋宁说是天籁。照旧诗文字的性质说，只要是这一派的天才在这里尽有发展的余地，但一种体裁到了后代成了强弩之末，只可以供模仿诗家当作破铜烂铁去制造，不复成其为利器，便是有创造才能的人也不知道这种器具可能的用处，谁也休想能够利用它。康白情的《草儿》在当时白话新诗坛上可谓一鸣惊人，正是作者的音乐才能忽然得到一个表现的利器，没有白话新诗，这个才能便压抑下去了，他既不是小说的天才，不能像《儒林外史》《老残游记》一样的写景，一旦他以《儒林外史》《老残游记》写景的笔墨来写白话新诗，于是若决江河沛然莫之能御了（这个河流又不能久长的）。康白情写新诗，大约先是受了胡适之先生的影响，随后又受了周作人先生的启发，如我们所选的《窗外》这一首，便很像《尝试集》的笔致，确乎只是"浅淡不及胡适"。（按，北社《新诗年选》康白情的诗后面有署名愚菴的评语，有云，"大概浅淡不及胡适，而深刻不及周作人。浅淡深刻四个字，都不寓褒贬的意思。"）后来写《江南》一类的诗，大约是受了周作人先生的《画家》的影响，开发了他自己的诗的题材。我讲周先生的新诗的时候，没有选《画家》这一首诗，现在且把这首诗抄在这里：

画家

可惜我并非画家，
不能将一枝毛笔，
写出许多情景。——

两个赤脚的小儿，
立在溪边滩上，
打架完了，
还同筑烂泥的小堰。

车外整天的秋雨，
靠窗望见许多圆笠，——
男的女的都在水田里，
赶忙着分种碧绿的稻秧。（注一）

小胡同口，
放着一副菜担，——

满担是青的红的萝卜，
白的菜，紫的茄子，
卖菜的人立着慢慢的叫卖。

（注一）以上两节系夏间在日本日向道中所见。

初寒的早晨，
马路旁边，靠着沟口，
一个黄衣服蓬头的人，
坐着睡觉，——
屈了身子，几乎叠作两折。
看他背后的曲线，
历历的显出生活的困倦。

这种种平凡的真实印象，
永久鲜明的留在心上，
可惜我并非画家，
不能用这枝毛笔，
将他明白写出。

（一九一九年九月二十一日）

周先生这首诗给当时新诗坛的影响很大，一时做新诗的人大家都觉得有新的诗可写了，因为随处都有新诗的材料。康白情却最妙，他一旦发现了诗材料，他乃不知不觉的以旧小说描写笔墨来写他的新诗，好像本来有这种东西的可能，只是在那里压抑了好久，这时才得到发泄的自由了，于是他的几首新诗最成其为白话新诗，别人不能学他，他自己后来不能学他。他的诗表面上看是图画，其实是音乐，即是说是天籁，我们且看《自得》这一首诗里有一句好玩的例子：

满担底绿桃子红李子在一家屋檐下搁着。
卖东西的却坐在一块青石磴上打渴睡。
侧边又有一个斑白的老头子，一针一针地坐在
　阶级上补他春天底破棉袄。
檐上底老乌呱的一声，
他举头看了一眼湖里底红藕。

我说有一句好玩的例子便是“他举头看了一眼湖里的红藕”。试问诗人怎么知道这个“补他春天底破棉袄”的老头是举头看了一眼湖里的红藕呢？他举头看了一眼大概总是正确的观察，至于举头看了一眼湖里底“红藕”在这里只是确切不可移易的一句好诗，自然画色做了诗人琴音罢

了。那首诗里还有两句也很好玩："柳阴里露出几栏遮不住底红楼，一根挑子在楼下走着叫白菜。"这个卖白菜的真来得凑巧，不可无一，亦不可有二了。又如"隔岸一个打赤膊的，叽嘎叽嘎地推过满车白亮亮的冰"。说一句杀风景的话，北平街上，就是推粪车的，就是在夏天，也没有"一个打赤膊的"。然而"隔岸一个打赤膊的，叽嘎叽嘎地推过满车白亮亮的冰"，真是文章本天成，妙手偶得之。总而言之，康白情的诗是天籁。我将一本《草儿》选来选去只选了四首诗，本来还没有将《自得》这一首算数，四首里算了《妇人》那一首，等待要抄写这一首《妇人》的时候，觉得这首诗不行，好比"小麦都种完了，驴儿也犁苦了，大家往外婆家里去玩玩罢。"这三句诗弦并不紧张，通篇也是有意来描写，写得好也不能算诗，是活泼泼一段文章罢了。因为开始我就说我在《草儿》里选了四首诗，不愿再改为三首，于是改选《自得》一首，结果还是四首的数目。有时诗情倒是紧张的，即是说音乐很成功，却写不出，作者又舍不得不写，如题作《风色》的这一首，"旗呀！旗呀！红黄蓝白黑的旗呀！"这便同老太婆念阿弥陀佛差不多，不是心里没有得说，是口里说不出，于是指着名字叫一声。然而从一首失败的诗也可以看出康白情的诗是什么一回事，他不是画画，他倒是唱歌。胡适之先生在那篇诗评里称赞《草儿》里的纪游诗，并选了《日光纪游》第六首作例证，我从前读了也很佩服，其实那也是心里有得说，口里说不出，什么“好雨！好雨！哈……哈……哈……”只能算是哑吧做手势，算不得做诗了。

最后我要说我关于《草儿》里《庐山纪游》三十七首的意见。其实这里应该没有什么话可说，因为这些纪游诗都不成其为诗，一笔抹杀之可以。但这里有一件有趣的事，要写纪游诗如果用旧诗写还可以写得是诗，康白情则是滥用写白话文的自由，因此这些纪游诗完全失败了。那时新文学运动初起来，新文学的少年先锋队正是旧文学的遗老，一鼓作气的卖弄一场。新瓶子里却正卖的是旧酒糟，从我们今日看来这是很有意义的事，说出他们失败的原故正是不埋没他们的战绩。胡适之先生在诗评里说：“白情的《草儿》在中国文学史的最大贡献，在于他的纪游诗。中国旧诗最不适宜做纪游诗，故纪游诗好的极少。白情这部诗集里，纪游诗占去差不多十分之七八的篇幅。这是用新诗体来纪游的第一次大试验，这个试验可算是大成功了。”又说，“占《草儿》八十四页的《庐山纪游》三十七首，自然是中国诗史上一条很伟大的作物了。”这个判断可谓大胆，但最初也难怪，我们现在只须说明中国旧诗适宜于做纪游诗，中国的白话新诗则不适宜于做纪游诗，这个事实又有关于新诗的发展。康白情的《庐山纪游》只是占的篇幅多，犹如一个旅行的学生做了许多日记，见其蓬蓬勃勃的生气，尚未成功为一种文章，更谈不上诗了。这回我读《庐山纪游》诗，很觉得好玩，因了那些不伦不类的白话制作，每每记起一首旧诗来了，又想到民间的歌谣，可惜歌谣我记不得，要临时去找。如康白情的《庐山纪游》之十：

十日晴：
偕两叶，
束轻装，
请挑子，
裹面包，
带牛奶，
漫游去。

又如二十七：

十一日晴。
脱靴子；
换草鞋；

再上山；
蝉声泉声又远远地来迎我们了。

这些大约并不是作者故意写得好玩的，他大约真是在那里写他的诗感，也还是心里有得说口里说不出一种性质的东西，即是说这种诗感也还是音乐的。我从北大《歌谣周刊》找得两首河北歌谣，且抄在这里比较观之：

一

月亮斜，中秋节，
又吃月饼又供兔儿爷，
穿新袜，换新鞋，
也跟奶，也跟姐，
上趟前门逛趟街。

二

九月九，晴晴天，
奶娘同我到万寿山，
提黄酒，挟红毡，
走到山顶坐野盘。
观皇会，什锦旛。

南锣小鼓打的全。
奶娘渴了喝好酒，
饿了吃蟹作大餐。

这样的歌表现得一种欢乐之感，就意思说没有什么意思，却是把欢乐唱出来了，这正是歌谣的长处。诗人如果要写诗，许你用白话来写新诗，像这一种的音乐的欢感，却是奈何它不得，只好说不出。旧诗却有这个音乐的长处，这一点旧诗恰好与歌谣立在同一线上，都是以音乐性见长，不过一个是作家的诗人写的，一个是民间的天才唱出来的罢了。如这样一首唐诗：

雨歇杨林东渡头，永和三日荡轻舟。故人家在桃花岸，直到门前溪水流。

又如苏轼的这一首词：

莫听穿林打叶声，何妨吟啸且徐行，竹杖芒鞋轻胜马，谁怕，一蓑烟雨任平生。　料峭春风吹酒醒，微冷，山头斜照却相迎。回首向来萧瑟处，归去，也无风雨也无晴。

又如辛弃疾的词：

> 着意寻春懒便回，何如信步两三杯。山才好处行还倦，诗未成时雨早催。　　携竹杖，更芒鞋。朱朱粉粉野蒿开。谁家寒食归宁女，笑语柔桑陌上来。

这些诗词，就文字里的意思说，并没有什么意思，然而诗里的音乐就是意思，所以我们读着觉得它是诗了。因为这个诗情是表现于一种文字的音乐，旧诗之所以为诗，每每归功于这个性质，如果将这个文字里的意义用我们的白话来写，无论如何不能成其为诗，倒可以写成一篇有情致的散文。我尝说旧诗的内容是散文的，而其文字则是诗的，我的意思并不是否认旧诗不是诗，只是说旧诗之成其为诗与新诗之成其为诗，其性质不同。康白情的《庐山纪游》，是一堆乱写的文字，说不上新诗，也说不上白话散文，只是滥用自由。如果规规矩矩的写旧诗，发抒游兴，或者还能成一个样子，那么八十几页的篇幅本来没有什么可谈的，我的话可以说是完全不相干的，只是触动了多说几句话罢了。我还想抄几首普通的唐诗来说明一件事实：

登鹳雀楼

王之涣

白日依山尽，黄河入海流。
欲穷千里目，更上一层楼。

江雪

柳宗元

千山鸟飞绝，万径人踪灭。
孤舟蓑笠翁，独钓寒江雪。

勤政楼西柳

白居易

半朽临风树，多情立马人。
开元一株柳，长庆二年春。

河满子

张　祜

故国三千里，深宫二十年。
一声河满子，双泪落君前。

题水西寺

杜　牧

三日去还住，一生焉再游。
含情碧溪水，重上粲公楼。

下江陵

李　白

朝辞白帝彩云间，千里江陵一日还。
两岸猿声啼不住，轻舟已过万重山。

宣城见杜鹃花

李　白

蜀国曾闻子规鸟，宣城还见杜鹃花。
一叫一回肠一断，三春三月忆三巴。

望天门山

李　白

天门中断楚江开，碧水东流至此回。
两岸青山相对出，孤帆一片日边来。

这些诗大约说得上读来爽口听来爽耳，文字里的意义并没有什么，用了许多的数目字，却最表现旧诗文字的音乐性。又如词里这样的句子："四月十七，正是去年今日，别君时，忍泪佯低面，含羞半敛眉。"又如"往来云过五，去住岛经三，正遇刘郎使，启瑶缄。"又如"走去走来三百里，五日以为期。六日归时已是疑，应是望多时。"如果这样写新诗，大约不成，然而做旧诗填词这些数目字反而有一种生气，好像是天籁。在歌谣里如此，数数的歌谣我却不记得，想来是很多的，一定读来爽口听来爽耳。我这番话还是由康白情的《草儿》引起来的。《庐山纪游》三十六有云：

十里走到隘口山。
走了五里还有二十里；
走了十里还有十六里；
走了十五里还有十二里；
走了二十里还有八里；
这二十里真长呵！
越陌又度阡，
沿岭又翻山，
远远还望不见马回岭。

这太不及“一根挑子在楼下走着叫白菜”来得出口成章了，大约图画的音乐性在白话新诗里还可以有几分成功，若一二三四五六七八九十的玩意儿大约只好让给歌谣了。说到这里，我的意思可以干脆的说出来完事，有一派做新诗的人专门从主观上去求诗的音乐，他们不知道新诗的音乐性从新诗的性质上就是有限制的。中国的诗本来有旧诗，民间还有歌谣，这两个东西的长处在新诗里都不能有，而新诗自有新诗成立的意义，新诗将严格的成为诗人的诗，它是完全独立，旧诗固然不必冒牌，歌谣亦不是一个新的东西了。康白情的《草儿》，给我们做了一个参考，他其实还是旧诗一派，他的新鲜乃因为初写白话文的原故，他乃以旧小说的文章偶然写得几首白话新诗，大约《和平的春里》是一首佳作，他有旧诗人苏辛一派的才情，这一派诗人还是适宜于旧诗，因为旧诗文字的音乐性能够限制才情，将泛滥的东西范围成一个形式。新诗将是温李一派的发展，因为这里无形式，意象必能自己完全，形式有时还是一个障碍了。旧诗既不能写，新诗又没有范围，中国的新诗看来不免渺茫，然而有范围并不就容易就范，没有范围又未始不正是一个范围，一切文学都待成功为古典的时候乃见创造的价值。

十 《湖畔》

《湖畔》是四个年青人的诗合起来的小小一册新诗集，民国十一年四月出版。据我的意见，最初的新诗集，在《尝试集》之后，康白情的《草儿》同湖畔诗社的一册《湖畔》最有历史的意义。首先我们要敬重那时他们做诗的“自由”。我说自由，是说他们做诗的态度，他们真是无所为而为的做诗了，他们又真是诗要怎么做便怎么做了。康白情还做过旧诗，及至他感觉要自由的写他的新诗，旧诗那一套把戏他自然而然的丢在脑后了，他反而从旧小说中取得文字的活泼，因此他有他的抒写的自由，好像他本来应该写那些新诗，只是好容易才让他写了。这一来便很见中国新诗运动的意义，真有人从这里得到解放，而且应该解放。《草儿》那本集子第一首诗题作《草儿》，在这里我且把康白情的这一首诗抄下来：

草儿

草儿在前，
鞭儿在后。
那喘吁吁的耕牛
正担着犁鸢，
眙着白眼，
带水拖泥，
在那里“一东二冬”地走着。

“呼——呼……”
“牛吔，你不要叹气，
快犁快犁，
我把草儿给你。”

“呼——呼……”
“牛吔，快犁快犁。
你还要叹气，
我把鞭儿抽你。”
牛呵！
人呵！
草儿在前，

鞭儿在后。

我抄这首诗的意思是因为我读着“在那里‘一东二冬’地走着”的句子觉得好玩，可以说是作者对于旧诗的怨苦很天真的流露出来了，他不是有意的挖苦，只是一点儿游戏的讽刺，因此见他的一种“修辞立其诚”，比喊起口号来打倒旧诗有趣多了，难怪他自己的新诗的文章是那时应该有的活泼文章，从旧小说得到白话文章的生气，旧诗一丢便丢到脑后去了。中国的新文学，在自己知道要解放之后，其命脉便在作者依附着修辞立其诚的“诚”字，新文学便自然而然的发展开了。湖畔诗社四个年青人在当时也真是很难得，因此也好像是应该有的，他们同康白情不一样，他们一点也没有与旧诗发生过关系，他们是不求解放而自解放，在大家要求不要束缚的时候，这几个少年人便应声而自由的歌唱起来了。他们的新诗可以说是最不成熟，可是当时谁也没有他们的新鲜，他们写诗的文字在他们以前是没有人写过的，他们写来是活泼自由的白话文字。胡适之先生在《〈蕙的风〉序》里说：“我现在看着这些彻底解放的少年诗人，就像一个缠过脚后来放脚的妇人望着那些真正天足的女孩子们跳来跳去，妒在眼里，喜在心头。他们给了我许多‘烟士披里纯’，我是很感谢的。”这几句话是一个衷心的喜悦。《湖畔》里的诗当得起纯洁的尝试了。后来做新诗的人，架子好像更大，其实反而受了一层障碍，因为不免是成心要做新诗，而又一样的对于诗没有一个温故知新的认识，只是望了外国的诗行做倚傍，可谓毫无原故，较之当初康白情写《草儿》以及湖畔诗社几个年青人的诗，我以为还稍缺乏一个“诚”字。这是我屡次不能忘记《湖畔》这一本小册子的原故。我现在将《湖畔》里的诗选一些出来，作者是冯雪峰，潘漠华，应修人，汪静之，他们是西湖畔四个朋友。我所选的诗的次序是依照《湖畔》原来的次序。

杨柳

杨柳弯着身儿侧着耳，
听湖里鱼们底细语；
风来了，
他摇摇头儿叫风不要响。

雪峰，西湖，
一九二二,三,二三

这首《杨柳》写得可爱，好像是一篇童话，那时真难得有这样天真活泼的新诗了，读了这样的诗，无论就句子说，就诗的空气说，仿佛中国新文学的前途很有希望，少年们挑了新鲜物儿上了市了。在这首《杨柳》下面，有作者的一首《花影》，诗情也是很好的，诗却不很成功，这或者因为有些意境写出来可以成为好诗，甚至于写出来的诗比原来的意境还要好，如“摇摇头儿叫风不要响”的《杨柳》便是；有的时候意境虽好写出来却并不怎么动人，好比写《杨柳》的人写的这一首《花影》，这是一件有趣的事情，可以助诸位平日做诗作文一点兴致，故我想将这一首《花影》也抄在这里请大家比较观之：

花影

憔悴的花影倒入湖里，
水是忧闷不过了；
鱼们稍一跳动，
伊的心便破碎了。

“憔悴的花影倒入湖里，水是忧闷不过了”，看这两句，作者似乎真有一个诗感，以“忧闷”来写水，又超脱，又实在，然而接着“鱼们稍一跳动，伊的心便破碎了”，似乎诗意不足，只是勉强凑足了两句，于是这里跳动的鱼们读者并不真像在水里看见似的，伊的心更不见得破碎了。至于上面的《杨柳》，读者眼前仿佛真个湖上柳叶儿生动，叫风不要响。当时的光景未必有这么好玩，写出来乃见诗趣罢了，这里的鱼儿也真个是柳影细语。我再抄应修人的一首《柳》给大家看看：

柳

几天不见，
柳妹妹又换了新装了！
　　——换得更清丽了！
可惜妹妹不像妈妈疼我，
妹妹总不肯把换下的衣裳给我。

这首《柳》，诗趣亦佳，写出春日乍见柳绿的风致，只是“可惜妹妹不像妈妈疼我”一句写得太幼稚，其实就是不自然，不够天真，大约是凑句子，好像配不上柳衣裳给我了。有些诗的好真是因为句子写得好，如《扬鞭集》里那一首《雨》，最后一句“你就把我的小雨衣借给雨，不要让雨打湿了雨的衣裳”，完全是写诗人造出的境界，也就是得句之佳。

孤寂

一

沉闷的二月天底午后，
躺在屋角放着的藤椅上，
听那浮浪的朋友拉着寂寞的胡琴。
拉到呜呜咽咽了，
他面上忽涌出神秘的微笑；
待到微笑去了，
孤寂依然兜上他底心头。

二

石沙铺着的大街上，
他两手放在衣袋里向前走着。
红萝卜放在篮担过去了，
妇人拿着艳黄的一串一串的丝走过去，
喊卖落花生的粗厚的声音也抹过他底耳边；
还有那大袖光发的青年兄弟，
那红裳白衫的青年姊妹，
都说着笑着走过他底身旁：
但他们却没有带了他底孤寂去。
他底眼尽看着花花落落的走来，
尽看着花花落落的过去；

却徐徐地更扩大他底孤寂的世界，
在人们看不见的深远处。

漠华，杭州，
一九二二，三，一九

这首《孤寂》，是我选的《湖畔》诗的第二首。我觉得这首诗作者的诗感真实，句子也写得不虚浮，虽然是平铺直叙，难得却正是这里的老实，在当时初开风气的时候，作者能够写这种毫无障碍的白话句法，到现在我们读着尤其觉得可喜。

含苞

露珠儿要滴了，
乳叶儿掩映，
含苞的蔷薇酝酿着簇新的生命。
任他风雨催你，
你尽管慢慢地开。
悠久的花期，
丰美的花瓣，
你知道正从这“慢慢地”而来吗？

“妹妹杜鹃花，伊已先我吐华了。”
可爱的蔷薇呵！这非你所应该较量的。
“春光迟暮，怕粉蝶儿要倦游了。”
这也非你我应该猜疑的。
我爱这纤纤的花苞儿
蕴藉着无量的美，
——无量地烂漫的将来。
你尽管慢慢地开，
我底纯洁的蔷薇呵！

修人，上海，
一九二一,四,二五

这首诗，我读到“你尽管慢慢地开，我底纯洁的蔷薇呵！”对于诗里一种诚实的气息真有着“纯洁的蔷薇呵，你尽管慢慢地开”之感慨。他们那时真是可爱，字里行间并没有染一点习气，这是最难得的。他们的幼稚便是纯洁。

黄昏后

悲哀轻烟似的来了！
红云泛上面颊，
用手掠过蓬茸的头发。

悲哀轻烟似的去了!
红云泛上面颊,
用手掠过蓬茸的头发。

漠华,杭州,
一九二二,三,四

栖霞岭

栖霞岭上底大树,
虽然没有红的白的花儿飞,
却也萧萧地脱了几张叶儿破破寂寞。

雪峰,栖霞岭,
一九二二,四,一

稻香

稻香瀰满的田野,
伊飘飘地走来,
摘了一朵美丽的草花赠我。
我当时模糊地受了。
现在呢,却很悔呵!
为什么那时不说句话谢谢伊呢?
使得眼前人已不见了,

想谢也无从谢起！

三只狗

月亮底下的草场中，
三只狗面对面地坐着；
看看月亮怪凄凉的。

有个人走到那里，
他们向他点点头，
仍旧看他们的月亮，
而且亲亲嘴摇摇耳朵。
他呆视了一会，
说："他们相恋着罢。"
他流流眼泪回去了。

月亮底下的草场中，
三只狗面对面地坐着；
看看月亮怪凄凉的。

雪峰，杭州，

一九二一，一二，八

这一首《三只狗》也很好，从三只狗动了一个诗兴，在那时大约是这些少年人自己开辟的诗国。最可爱的，这些少年诗人，无论什么诗题，旧题目如说黄昏后说杨柳，新题目如《三只狗》，他们一样的有生气，他们真是自己要做诗。

小诗二

风吹绉了的水，
没来由地波呀，波呀。

汪静之，杭州，
一九二二，二，六

我们且把这一首《小诗》同作者另外一首《小诗》比较观之，那是《小诗》第四首，也是两行文字：

没有主人管束的
自在地在空中游荡的灰尘呵！

这个自在游荡的灰尘还不及那个没来由的波呀波呀来得动人，要说作者一个是真有所感，一个是诗感不足成心写诗，或者很难说，我想还是诗题的关系，我们平常有些感觉写出来可以成为好的诗，有的写出来并不好，会做文章的人慢慢的他熟悉这个情形，经过许多失败与成功之后，可以写得好的他就写，写不好的他就偷巧不写了，这同木匠对付木头一样，看见什么材料就知道做什么东西好，若夫大而不中绳墨就弃之不顾了。“风吹绉了的水，没来由地波呀，波呀。”我实在觉得很好，不知诸位以为如何。关于“小诗”这个名词，我还应该解释几句，周作人先生《自己的园地》里面有《论小诗》一文，最好大家自己去参看，那时诗坛上流行着一行至四行的新诗，谓之“小诗”，“如果我们‘怀着爱惜这在忙碌的生活之中浮到心头又复随即消失的刹那的感觉之心’，想将他表现出来，那么数行的小诗便是最好的工具了。”那时写小诗，一方面是翻译过来的日本的短歌和俳句的影响，一方面是印度泰谷尔[①]诗的影响。泰谷尔诗集《迷途的鸟》[②]（*Stray Birds*），我自己曾经很喜欢，觉得那里面的诗，不但是刹那的感觉之心，而且是一个永久的宁静，最难得是诗的文句那么简单容易了。冰心女士的小诗，作者自己说明是受泰谷尔影响的。

---

① 印度诗人，现多译作泰戈尔。——编者注

② 今一般译为“飞鸟集”。——编者注

隐痛

我心底深处，
开着一朵罪恶的花，
从来没有给人看见过，
我日日用忏悔的泪洒伊。

月光满了田野，
我四看寂寥无人，
我捧出那朵花，轻轻地，
给伊浴在月底凄清的光里。

漠华，杭州，
一九二一,一二,一六

麦陇上

蓝格子布扎在头上，
一篮新剪的苜蓿挽在肘儿上，
伊只这么着
走在朝阳影里的麦陇上。

修人，杨树浦，
一九二二,三,二六，晨

小诗六

“花呀，花呀，别怕罢！”
我慰着暴风猛雨里哭了的花，
“花呀，花呀，别怕罢！”

汪静之，杭州，
一九二二，三，二六

幽怨

伊长日坐在房中哭泣，
群鸟怪好意的
唱起歌儿安慰伊。
伊反妒恨他们，
“你们倒有翼子，我怎样？”
伊用长竿逐鸟儿，
鸟儿去了，
只剩有静寂和悲哀。

雪峰，杭州，
一九二一，一二，四

想念

我在大雾的早晨，

在认真的糊涂里，
就爱上那朵花了。
我随手拈了来，
我脸上涌出美爱的微笑；
聚起我手里底喜悦，
足里底喜悦，
发里底喜悦，
一切我身上底喜悦，
恨不得都一齐搁在那朵花底心里。
我捧了伊回得房来，
插伊在书桌上底瓶里。
读一回书，作一回字；
我沉思里向伊美爱的看着，
伊微笑了，——羞了，
伊娇小的心里，经不起这么多的喜悦！

伊伴我读书，伊伴我作字，
一天又一天，
伊的叶渐渐枯去了。
一天又一天，
伊也渐渐憔悴去，——抖着，将谢了！

我向伊惜别的微红的面上，
尽情洒上山泉般的眼泪。
我看伊微弱地向我招摇
后来终于凝视着我而逝了！
我于是潜声饮泣，
聚起我手里底悲哀，
足里底悲哀，
眼里底悲哀，
一切我身上底悲哀，
都一齐伴伊埋在黄土里去！

漠华，杭州，
一九二一，十一，一七

读着这些少年人的诗，仿佛中国文人的习气我们很有摆脱的希望似的，这其实也就是，《葬花》一类的诗，但我们读了也不像看电影，更没有旧戏的气味，只觉得这里有朝气，这里好像真有手里的喜悦，足里的喜悦，眼里的喜悦，发里的喜悦，这一点很可敬重，诗里的空气如此，写诗的文字如此。后来做新诗的人，虽说是模仿外国的诗行，字句之间却还是旧文人一套习气的缠绕，不是初期新诗质素文章再经过的修辞，这是很可惜的一件事。

送橘子

我送一个橘子给撑篙的小弟弟；
他笑着掷到舱下，
又从舱里取起来笑着剥着吃了。
再送一个给摇橹的老婆婆；
伊郑重地说，“多谢！多谢！”

修人，太湖渡船里，
一九二二，二，五

这一首《送橘子》，是《湖畔》最末一首。《湖畔》薄薄一个小本子，我讲它的篇幅却不算小，我的意思是请大家注意他们那时的“自由”，不但他们的题材是新诗这个小孩子的题材，他们写诗的文章也是新诗这个小孩子的文章。康白情的《草儿》同《湖畔》四个少年人的诗，是新诗运动后自然的发展，仿佛这两方面做新诗的文章是提倡白话文以后恰好应该有的两种写诗的文章了。一个是旧小说的文章活泼泼地在新诗里出现一阵，一个没有沾染旧文章习气老老实实的少年白话新诗。新诗要发展下去，首先将靠诗的内容，再靠诗人自己如切如磋如琢如磨写出各合乎诗的文章，这个文章可以吸收许多长处，不妨从古人诗文里取得，不妨从引车卖浆之徒口里取得，又不妨欧化，只要合起来的诗，拆开一句来看仍是自由自在的一句散文。总之白话新诗写得愈进步，应该也就是白话散文愈进步，康白情与“湖畔”四个少年诗人正是在这条路上开步走了。后来新月一派诗人当道，大闹其格律勾当，乃是新诗的曲折，不明新诗性质之故，我们也就可以说他们对于新诗已经不知不觉的失掉了一个“诚”字，陷于“做诗”的氛围之中，回转头来再看《草儿》与《湖畔》里的诗乃不能不有所感慨了。

湖畔四人之中，汪静之个人另有诗集《蕙的风》与《湖畔》同年出版，我再将汪静之的诗从《蕙的风》里选几首在下面。

芭蕉姑娘

芭蕉姑娘呀，
夏夜在此纳凉的那人儿呢？

（一九二一，十一，二四）

月月红

月月红在风中颤抖，
我的心也伴着伊颤抖了。

（一九二二，一，九）

我愿

我愿把人间的心，
一个个都聚拢来，
共总熔成了一个；.
像月亮般挂在清清的天上，
给大家看个明明白白。

我愿把人间的心，
一个个都聚拢来，
用仁爱的日光洗洁了；
重新送还给人们，
使他误解从此消散了。

（一九二二,二,八）

这种我愿式的诗，容易成为成熟的作品，也容易成为滥调，有时还容易发挥气焰。《蕙的风》里这一首《我愿》，确是可取，那时大家正是朝气，难得写一首“深入而浅出”的诗了。深入而浅出，是胡适之先生在《蕙的风》序里称赞这一首诗的话。

西湖小诗第十五

蛙的跳舞家呵，
你想跳上山颠么?
想跳上天罢?

最后我选这一首蛙的跳舞家，固然这首诗写得很成功，把蛙的神气写得恰好，又能表现出一种山水风景，然而我的意思还在于爱重当时新诗可有的新鲜气息。又如《西湖小诗》第一首：

夜间的西湖姑娘，
被黑暗吞下了。
终不能见面，
虽然大睁着眼尽瞧。

这也是很新鲜的诗材料，真有生气，表现上却不及蛙的跳舞家成功，不知诸位同意否。又如这两首：

笑笑

伊香甜的笑，
沁入我底心，

我也想跟伊笑笑呵。

爱的波

亲爱的!

我浮在你温和的爱的波上了,

让我洗个澡罢。

“笑笑”自然比“让我洗个澡罢”好一些,然而后者也只是令人读了觉得好笑,我们只能说他幼稚,这个幼稚却正是旧诗文里所没有的生机。我选出那一首蛙的跳舞家,同时又很不满足似的,新诗的生机似乎看见他萌发,接着却便是衰老的现象。汪静之的诗集后来有《寂寞的国》出版,我们没有什么话可谈。

十一 《冰心诗集》

我们在以前所讲的，可以说是初期新诗。现在我们讲到了冰心女士的诗，接着还要讲几个作家，新诗算是做到第二个阶段来了，可以称之曰第二期的新诗。新诗做到第二阶段的时候，与初期新诗有什么不同之点呢？其不同之点可以说是做诗的“意识”不同。初期新诗与白话文学运动直接发生关系，由写白话文的道理“要说什么就说什么，话怎么说就怎么说”轮到做诗上面便是“有什么题目做什么诗，诗要怎样做就怎样做”了，这可以说是大家有了一个自由做诗的要求。然而在这个“自由”里头无形中有一个“但是”，——但不得做旧诗。换句话说，初期新诗的背后埋伏了一个大敌人，即是旧诗。及至“新诗”这件事情无形中已经被大家承认了，天下的诗人已经是要做诗就做新诗了，于是旧诗也换掉了他的敌人面目，反而与新诗有了交情了，这一来做新诗的人乃更是自由，他们固然不做旧诗，但他们做新诗的时候却尽管采用旧诗的词句了。这是第二期新诗不同之点，这个时候的新诗作家确乎是在那里自由做诗，诗要怎么做就怎么做了。第二期新诗不但自由采用旧诗词句，第二期新诗于方块字的队伍里还要自由写几个蟹行文字，较之当初"'辟克匿克'来江边"更有一种"烟士披里纯"了，借用李金发的话就是新诗的"无治状态"。（见李氏新诗集《微雨》导言）郭沫若有一首《雪朝》，虽然按做诗的日子说（《沫若诗集》标明一九一九年十二月作）算是很早的新诗，但我想就引在这里做新诗的无治状态的一个标本也可以罢，我们也只好横行：

雪的波涛！
一个白银的宇宙！
我全身心好像要化为了光明流去，
　Open，Secret 哟！

楼头的檐霤……
那可不是我全身的血液？
我全身的血液点滴出 Rhythmical 的幽音。

同那海涛松涛相和，雪涛相和。

哦哦！大自然的雄浑哟！
大自然的 Symphony 哟！
Hero-Poet 哟！
Proletarian Poet 哟！

诗就这样写，岂能成其为诗？然而我们似乎可以推测这一首《雪朝》的诗的情绪很是充足，同康白情的“好雨！好雨！哈……哈……哈……”一样的是心里有得说口里说不出的东西，诗人自己一首自由的诗不能够写在诗稿纸上面罢了。我们现在好像不留情面的对于这种诗加以裁判，其实正是理会得这时期的新诗人真是在那里做诗，他们的面前是他们自己的“诗”，在诗之国里岂有敌人，古今中外的诗人都可以旦暮遇之，新诗的诗的生命正在这个时候有一个起点，因其诗情泛滥，乃有诗文字之不中绳墨，——试问诗情泛滥是一件容易事吗？恐怕是“踏破铁鞋无觅处，得来全不费工夫。”这是新文学运动解放的收成。中国的旧诗早已失却其诗的生命了。

这回我将《冰心诗集》从头至尾的读了一遍，《沫若诗集》也从头至尾的读了一遍，我乃觉得这两个人的新诗恰是表现着第二期新诗特别之处,他们的诗里头真有“诗”,从我们现在的眼光看他们的诗又每每写得不完全。他们虽然是拿了新诗的稿纸来写新诗,精神上与旧诗并没有彼此的界限,多少又读了外国人的诗,他们提起笔来写诗只是写自己的诗罢了,写自己的诗而又是一个诗之交流。总而言之这个时期写新诗乃真有一个“诗”的空气,无论是写得怎样驳杂,其诗的空气之浓厚乃是毫无疑义的了。其写得驳杂,正因其诗的空气之浓厚。这是新诗发展上很好的现象,好像新诗将要成为“诗”应该有这一段经过。同时期李金发的诗也正不过如此,李金发的诗,其文字之驳杂又是一个极端的例子,他大约如画画的人东一笔西一笔,尽是感官的涂鸦,而没有一个诗的统一性,恐怕还制造不成一首完全的诗了。闲话少说,我们且来讲《冰心诗集》。冰心女士的《繁星》与《春水》是很有名的,作于十一年间,现在这两部分的诗都收在《冰心诗集》里头。打开《冰心诗集》一看,好像触目尽旧诗词的气氛,据我想作者还是写新诗,而且无害其写新诗,与初期白话诗之为古乐府式的新诗长短句式的新诗者很不同。即是说《冰心诗集》里本有“诗”在,其旧诗词的气氛乃是沾惹了旧诗词,或者因为喜欢旧诗词的原故。初期新诗之近乎古乐府近乎长短句者,其新诗里头本不必有诗,只能说是白话韵文。

这个区别，我觉得不可忽视。我在选出《冰心诗集》里的诗来讲的时候，我想先举几首来说明我的观察。如《春水》第一五五首：

病后的树阴
　也比从前浓郁了，
开花的枝头，
　却有小小的果儿结着。
　我们只是改个庞儿相见呵！

这首诗我觉得写得成功，在新诗里表现着一个女诗人的诗情，大约看见什么果树，在以前看见它的时候，它盛开花，后来大约有好久不见了，诗人病了，等到病好了再出来看见树，树叶子都很茂盛了，而且那个“开花的枝头，却有小小的果儿结着”，于是诗人看了很是喜悦，说道：“我们只是改个庞儿相见呵！”所以这首诗实在是相见之下很快的得着了一首好诗，新诗之成每每是如此，犹如照相师照相一样，一拍便成。然而这首新诗的诗情，却正是古时候一位女诗人在她的一首词里所写的诗情，即是“绿肥红瘦”四个字。我将李清照这一首《如梦令》全引了来：

昨夜雨疏风骤，浓睡不消残酒，试问卷帘人，却道海棠依旧，——知否知否，应是绿肥红瘦！

这样写便是旧诗。虽然表现着女诗人的个性，最不易得，然而在这里“绿肥红瘦”四个字好像与读者隔了好些距离，不能像新诗人的诗如当下相见。旧诗大约是由平常格物来的，新诗每每来自意料之外，即是说当下观物。古今两位女诗人，其诗情偶合之处是很有意思的事情，而新诗与旧诗的性质之不同又在同一个题材上面分别出来了，又是一件有趣的事。《冰心诗集》里这一首诗并没有旧诗词气氛，我举出这首诗来只是想说明《冰心诗集》里本自有诗，就新诗与旧诗之性质上说是不会相混的。《冰心诗集》里当然有许多诗是惹了旧诗词调子，不是成功的新诗，而在当时的新诗人写来又是很自然的事了。

又如《春水》第一五九首：

凭栏久
　　　凉风渐生
何处是天家？
真要乘风归去，
看——

清冷的月
　　已化作一片光云
轻轻地飞在海涛上。

这都是作者写刹那间的感觉，其表现方法犹之乎制造电影一样，把一刹那一刹那的影子留下来，然后给人一个活动的呈现。诗里虽然与旧诗词取同样的景物，而且简直用了旧诗词的句子，我们读着仍感着这不是旧诗的调子，这新诗里头有诗。这里亦足以见新诗与旧诗的性质不同，旧诗是情生文文生情的，新诗则是用文来写出当下便已完全的一首诗。旧诗当中如：

小楼西角断虹明，阑干倚处，待得月华生。

也许是诗人当下的实感，但也可以不是的，可以是文情相生的，所以仅仅写这一件事情不能成其为一首诗或一首词。又如苏轼的：

明月几时有，把酒问青天，不知天上宫阙，今夕是何年。我欲乘风归去，又恐琼楼玉宇，高处不胜寒。……

大约真是诗人当下的实感了，冰心女士“真要乘风归去”一句的出处也便在这里了，然而苏词能够坚持到底吗？一定还要写下别的悲欢离合的事情才成其为一首词。旧诗的问题本来不在这里，我那样问很近乎“愚问”，什么叫作实感不实感是一个可笑的说法，然而为针对新诗说话，这里确有一个严厉的界限，新诗要写得好，一定要有当下完全的诗。至于怎样把这个当下完全的诗写得更好，那是另外一个问题，这回我读《冰心诗集》的时候每每联想到这个问题，也想趁便说起。

又如《春水》第一六一首：

隔窗举起杯儿来——
落花！
和你作别了！
　原是清凉的水呵，
只当是甜香的酒罢。

这一首诗，我想也犹之乎拍照，当下诗来了，就描风捕影的将它移到诗稿纸上来了。大约诗人本是在那里喝凉开水，而窗外忽然看见一瓣花落，这真是千载一时，于是一首新诗顷刻成就。这个诗情也算是“无可奈何花落去”，虽然诗人手里是一杯凉开水，只好“一曲新词酒一杯”了。旧诗都不是这样写出来的，好比唐人诗句：“兴阑啼鸟换，坐久落花多”，总未必是当时的即景，恐怕是平日的格物吧。然而我们现在所讲的这一首新诗到底写得好不好呢？这确是一个有趣的问题。就新诗的性质说，《冰心诗集》里这一首落花诗确乎是一首新诗，这一首新诗却也可以变幻一下，即是把它写得更有普遍性，——我的意思说出来其实很简单，这一首新诗可以写成旧诗。就如这一首词罢：

> 一曲新词酒一杯，去年天气旧亭台。夕阳西下几时回。　　无可奈何花落去，似曾相识燕归来。小园香径独徘徊。

一面表现着作者的个性，一面表现着“词”这个体裁的普遍性，像这样的制作便成为古典之作，诗情配合着体裁，诗情也就锻炼纯熟了。冰心女士的落花新诗，是真有一个诗的内容，大凡写新诗都好像有点迫不及待似的要将这个诗写出来，那时的新诗人有一首诗来自然更是应接不暇，直接的诗感又直接的写在纸上了，其结果诗自然还是诗，而写诗的方法乃太像写散文了，即是照当时的情形直描，一杯凉开水就当作甜香的酒了。我们可以感着这里的诗的情绪，而诗却缺乏普遍性。这里新诗的情绪如果变幻一下，我想适合于旧诗的体裁。前面我所引的那一首《浣溪沙》，六句里头所写的事情并没有一定的连接性，我们也不能知道诗人当时因那一件事情引起的诗兴，是"去年天气旧亭台"呢？是"小园香径独徘徊"呢？据我想这一首词的重心乃在于"夕阳西下几时回"罢？不管怎样，有名的"无可奈何花落去，似曾相识燕归来"两句总一定是做诗作出来的，即是情文相生的，合起来是一首绝妙好词了。一首新诗自有一首新诗的势力，它好比是短兵相接，有时却嫌来得唐突，冰心女士举起杯儿来叫一声落花便是一例，如果以这一点为重心加以锻炼，那应该就是古代诗人创造诗词的光景了。冰心女士这一首新诗的价值也便在这里，新诗人确乎只认得新诗，一心照顾着新诗，就作品本身说现在我们可以认为不完全，就新诗的性质说中国的诗人则已与新诗当面了，大约是欲罢不能。这些新装改装为旧诗词似乎更好，这不过是我们的推测，而这些可以改装为旧诗词的篇章竟确切无疑义的充溢其新诗的个性，乃是一桩最有意义的事情。

又如《春水》第一六四首：

将离别——

　　舟影太分明。
　　四望江山青；
微微的云呵！
　　怎只压着黯黯的情绪，
　　　不笼住如梦的歌声？

这首诗也是直接的诗感直接的写在纸上，即是说冰心女士的新诗太是散文的写法，虽然写着那么的近乎旧诗的句子。“舟影太分明”，“四望江山青”，我们读着很感着一种势力，真是舟影太分明，四望江山青，再一望便要望到微微的云去了，四面是如梦的歌声，像这样“将离别”的情绪，如果变幻一下，应该就是中国古代诗人创造诗的过程，然而新诗的生命自然是一个直接的抒写。这一点正是冰心女士的新诗在新诗历史上的意义，它表现新诗的个性，缺乏诗的普遍性，——如果意识到这个普遍性，冰心女士新诗的生命应是旧诗的题材了。这虽然是我个人的观察，但我很想引起大家留心这件事情，或者不无趣味，一方面可以明白新诗的性质，一方面又关乎写诗的方法，写诗到底不是写散文。我们从新诗人的诗的创造性又可以知道古代诗人的创造性，旧诗到后来失掉了生命徒有躯壳的存在，而这个诗的生命反而在新诗里发见，这些关系都是无形中起来的，理会得这个关系乃见出新诗发展的意义。不过关乎写诗的方法，在这里尚不能多谈，以后遇到适当的机会再求发挥，只是请大家不要误会以为一个东西有两样的写法，两样的写法究竟成了两样的东西。新诗与写散文应不一样，犹之乎古人作文与做诗并不一样。

现在将我所选的《冰心诗集》里的诗依照原书的次序写在下面。

玫瑰的荫下

衣裳上，
书页上，
都闪烁着
　叶底细碎的朝阳。

我折下一朵来，
等着——等着，
浓红的花瓣，
正好衬她雪白的衣裳。

冰凉的石阶上，
坐着——坐着，

等她不来，
只闻见手里
　玫瑰的幽香！

繁星

四四

自然呵！
请你容我只问一句话，
　一句郑重的话：
“我不曾错解了你么？”

七五

父亲呵！
出来坐在月明里，
　我要听你说你的海。

这首小诗，却是写得最完全，将大海与月明都装得下去，好像没有什么漏网的了。我想凡对于冰心女士的作品有点熟悉的人可以同意于我这句话。冰心女士的诗文都有一个海的气息，冰心诗集里有两首题作《安慰》，其二有云：

"二十年的海上，
　我呼吸着海风——
我的女儿！
　你文字中
　　怎能不带些海的气息！"

作者自己替我们解释这个原故。另外有几首诗也是直接说海的，但都不及"出来坐在月明里，我要听你说你的海"写得干净无遗。像这样的诗乃是纯粹的诗，是诗的写法而不是散文的写法，表现着作者的个性，而又有诗的普遍性了。这一首诗与《扬鞭集》里那一首《母亲》有同样的不可及处，这里的海虽然没有说着声音，但同那里"静静的水声"令我们觉得都在月明之下了。如《繁星》第一一三首：

父亲呵！
我怎样的爱你，
　也怎样爱你的海。

同样的题材，这却不能算作一首诗，诗情总不能说是隔，诗反而写得隔了。又如《繁星》第一三一首：

大海呵，
　哪一颗星没有光？
　哪一朵花没有香？
　哪一次我的思潮里
　　没有你波涛的清响？

这首也可以说是诗的写法，作者将诗情变幻了一下，要从一颗星的光一朵花的香问着海，但海的清响反而不在这一首诗里，好像在那一首月明里，这真有点古怪了。“哪一次我的思潮里没有你波涛的清响？”这一句也不能算是诗句，虽然作者分作两行当着诗句看待，这一句还太是散文的写法了。又如《春水》第一〇五首：

造物者——
　倘若在永久的生命中
　　只容有一次极乐的应许，
我要至诚的求着：
　“我在母亲的怀里，
　母亲在小舟里，

小舟在月明的大海里。”

这首诗最后三行岂不很好？倘若作者另外换上一个诗题这三行岂不就可以成一首诗？因为大人们自己总不好直接的说“我在母亲的怀里”，故可以将这一件事情换在一个小孩子名下，或者别的什么题目。诗人不这样做，却老老实实的说着自己的话，于是“造物者……至诚的求着”的话就摆脱不开了，就一首诗说乃不是诗的写法而是散文的写法了。故我说冰心女士关于海的诗以《繁星》里“出来坐在月明里，我要听你说你的海”一首为最完全。

一一六

海波不住的问着岩石，
　岩石永久沉默着不曾回答；
然而他这沉默，
　已经过百千万回的思索。

这首诗，无论就诗趣说，就诗里的意思说，是一首很高的诗。我们从这一首诗也可以看出作者写诗是同写散文一样，“然而他这沉默，已经过百千万回的思索”这一句太是散文的写法了。我觉得我很能了解这个原因，因为我自己也有这个经验，那时期的作家大约真是“行无余力”，大家好容易照顾着一个诗的生命了，有一首诗来就直接的写出来了。因为是直接的写出来，写出来才有许多不必要的曲线，“然而”“但是”之类的转折都随着气力带出来了，同写散文没有分别，这里正见那时新诗的意义，作者自己相信自己有一首诗，这首诗写得同散文没有分别，然而还是一首诗。我由冰心女士这首岩石的诗联想到泰谷尔的《迷途的鸟》里一首诗，由这两首诗很可以比较出来什么叫作诗的写法，什么叫做散文的写法，故我不惜将泰谷尔的诗抄在这里：

“What language is thine，O sea？”
“The language is eternal question.”
“What language is thy answer，O sky？”
“The language of eternal silence.”

译其大意若曰：

“你说的是那一种语言呢，啊，海？”
“语言而为永久之间。”
“你答的是那一种语言呢，啊，天？”

"语言而为永久之默。"

泰谷尔这首诗，便是诗的写法了。

一五八

我的朋友！
雪花飞了，
　我要写你心里的诗。

这首小诗写得很真实，很别致，令我们读者觉得很有意思。这首诗大约是女诗人才能写的诗，然而这首诗写得很有普遍性。

一六二

片片的云影，
　也似零碎的思想么？
然而难将记忆的本儿，
　将他写起。

春水

二七

大风起了！
　秋虫的鸣声都息了！

这首小诗，从文字表面上看来同《庄子》上的“日月出矣，而爝火不息，其于光也不亦难乎”应该是相等的意思，然而读者所感觉的却极其相反，这件事情我觉得好玩。

六三

柳花飞时，
　燕子来了；
芦花飞时，
　燕子又去了：
但她们是一样的洁白呵！

七四

在模糊的世界中——
我忘记了最初的一句话，
也不知道最后的一句话。

七九

我愿意在离开世界以前
　能低低告诉他说：
　　“世界呵，
　　　我彻底的了解你了！”

这首诗里所说的一句话，不知算不算得诗人在那首诗里不知道的“最后一句话”？《冰心诗集》里喊着“自然”或者喊着“世界”而吟的诗，每见其诗感迫切，颇令我们感动，如我们所选的《繁星》第四四首：“自然呵！请你容我只问一句话，一句郑重的话：‘我不曾错解了你么’”都是新诗的园地里产生的问话，是一件很有意义的事情。我在这里对于这件事情自然不可多加评判，但我想说一句玩话，你这样低低的告诉他“世界呵，我彻底的了解你了！”便是诗人诗情太重了，不是“瞻之在前忽焉在后”的大弟子。孔子曰：“朝闻道，夕死可矣。”虽然也不能说不是一个诗情，但孔子话的末尾一定不是一个惊叹符号。我说这句话，恐怕是有心来表示我这回读了《冰心诗集》所感得的喜悦，作者处处是直接表示他的诗感，惊叹符号用得非常之多，我看了很觉得好玩，又不由得要起一番敬意。“大风起了！秋虫的鸣声都息了！”诗人的诗情也真个的传给我们了！

一四一

雨后——
随着蛙声，
荷盘上水珠，
将衣裳溅湿了。

这是我所选的《冰心诗集》里最后的一首诗，就诗的表现上说或者也是《冰心诗集》里最完全的一首诗罢。

十二 《沫若诗集》

郭沫若有一首《夕暮》，是新诗的杰作：

一群白色的绵羊，
团团睡在天上，
四围苍老的荒山，
好像瘦狮一样。

昂头望着天，
我替羊儿危险，
牧羊的人哟，
你为什么不见？

不知诸位读了怎样，这首《夕暮》我甚是喜爱。新诗能够产生这样诗篇来，新诗无疑义的可以站得住脚了，不怕旧诗在前面威胁，也不怕新诗自己再生出别的花样来煽惑。为什么呢？理由很简单，也很明白，这样的诗不明明是新诗吗？用旧诗体裁不能写出这样的诗来，这首新诗也用不着什么新诗格律了。这首诗之成，作者必然是来得很快，看见天上的云，望着荒原的山，诗人就昂头诗成了，写得天衣无缝。这首诗真能表现一个诗人。

冰心女士的诗，当以前在报纸上零细发表的时候，我大致读过，郭沫若氏的诗我一直未曾读，这回才取了现代书局印行的《沫若诗集》读一遍。读完之后，我觉得这两位诗人很可以相提并论，他们的新诗都表现了第二期新诗的特点，他们做诗已经离开了新旧诗斗争的阶级，他们自己的诗空气吹动起来了，他们简直有一个诗情的泛滥。这话用之于诗人郭沫若，读者大约容易同意，他的诗本来是乱写，乱写才是他的诗，能够乱写是很不易得的事。其实《冰心诗集》里的诗何尝不是乱写的，《离骚》的句子可以写在郭沫若氏的新诗里，苏东坡的词句自然也可以写在冰心女士的新诗里了。我们再来看这两位新诗人的夸大狂，几乎是应有尽有，我们读着觉得很好玩，只不过一个是“无限的太平洋鼓奏着男性的音调”，所以说起话来“你该不嫌我黑奴卤莽？要我这黑奴的胸中，才有火一样的心肠。”这是诗人郭沫若借了煤炭说话。冰心女士虽然高喊着：

旗儿举正了，
　聪明的先驱者呵！

但先驱者到底是女诗人的身分，所以有时又说：

先驱者！
　你要为众生开辟前途呵，
　束紧了你的心带罢！

我推想这是十字街头女童子军的装束。这里的“心带”大约也就是诗人另外一首诗里写“罗带”的那个潜意识，即是说女子写的诗。那首诗是说雨后虹的，我们且抄了来：

虹儿！
你后悔么？
　雨后的天空
　偶然出现，
世间儿女
已画你的影儿在罗带上了。

郭沫若《月下的故乡》一首诗云：

啊啊，大海已近在我眼前了。
我自从离却了我月下的故乡，那浩森茫茫的大海，我驾着一只扁舟，沿着一道小河，逆流而上。
上流的潮水时来冲打我的船头，我是一直向前，我不曾回过我的舵，我不曾停过我的桨。
不怕周围的风波如何险恶，我不曾畏缩过，我不曾受过他们支配，我是一直向前，我是不曾回过我的舵，不曾停过我的桨。
我是想去救渡那潮流两岸失了水的人们，啊啊，我不知道是几时，我的舵也不灵，桨也不听命，上流潮水，把我这只扁舟又推送了转来。
如今大海又近在我眼前了！
我月下的故乡，那浩森无边的大海又近在我眼前了！

这一首《月下的故乡》，我们可以抄冰心诗集《春水》里头两首诗来响应，其一云：

先驱者！

前途认定了
切莫回头!
一回头——
灵魂里潜藏的怯弱,
要你停留。

又《春水》五九云:

乘客呼唤着说:
“舵工!
小心雾里的暗礁罢。”

舵工宁静的微笑说:
“我知道那当行的水路,
这就够了!”

这个舵工乃很有把握,而且船上正渡着人了。奇怪,在《冰心诗集》里的诗像比《沫若诗集》里的诗都更厉害一点。郭沫若氏《立在地球边上放号》这个诗里极力说“啊啊!力哟!力哟!”他只不过如诗人自己所说是力的诗歌,力的舞蹈,所以“无限的太平洋提起他全身的力量来要把地球推倒”。冰心女士一些豪放的诗作却更是夸大，《冰心诗集》里这种诗很多，如《春水》一九：

诗人！
　笔下珍重罢！
众生的烦闷
　要你来慰安呢。

又如《春水》一五二：

先驱者！
　绝顶的危峰上
　　可曾放眼？
便是此身解脱
　也应念着山下
　劳苦的众生！

这个“绝顶的危峰上可曾放眼”比起郭沫若氏“笔立山头展望”可谓一点也没有望见什么里还望见了“数不尽的轮船，一枝枝的烟筒都开着了朵黑色的牡丹呀！”《春水》二四云：

小岛呵！

　何处显出你的挺拔呢？

无数的山峰

　沉沦在海底了。

这种诗写得很好玩，因为无数的山峰沉沦在海底，所以显出小岛的挺拔，但小岛也似乎没有格外可以骄傲的道理，若小岛因此在诗人的眼里显出挺拔来，反不若沧海变为桑田给古时候的麻姑说得近情理些。郭沫若氏《立在地球边上放号》只不过说“无限的太平洋提起他全身的力量来要把地球推倒”，然而据我想，无限的太平洋把地球推倒了，地球上也无非又来一个“洪水时代”罢了，太平洋自己也在滔天大浪之中，而冰心女士《春水》一〇一云：

我的朋友！

　最后的悲哀

　　还须禁受。

在地球粉碎的那一日，

　幸福的女神，

　　要对绝望众生

　作末一次凄感的微笑。

这简直说到“地球粉碎的那一日”的事情了，不知成何景象。郭沫若氏是崇拜光的，“太阳万烛光，我是五烛光”，所以他有歌《日出》的诗，写得很是雄奇。冰心女士喜欢写夜里的星，如《春水》二云：

星儿！
　世人凝注着你了，
导引他们的眼光
　超出太空以外罢！

又如《春水》三七：

太空！
揭开你的星网，
容我瞻仰你光明的脸罢。

这当然不是乡下女人抓破脸皮，而是摩登女子揭开面纱，是美丽的幻想，总很要有一个英雄的气魄才行。所以冰心女士的诗也实在是光芒万丈。

《沫若诗集》有《蜜桑索罗普之夜歌》云：

无边天海呀！
一个水银的浮沤！
上有星汉湛波，
下有融晶泛流。
正是有生之伦睡眠时候，
我独披着件白孔雀的羽衣，
遥遥地，遥遥地，
在一只象牙舟上翘首。

啊，我与其学做个泪珠的鲛人
返向那沉黑的海底流泪偷生，
宁在这缥缈的银辉之中，
就好像那个坠落了的星辰，
曳着带幻灭的美光，
向着“无穷”长殒！
前进！……前进！
莫辜负了前面的那轮月明！

“二十世纪的亚坡罗！你也改乘了摩托车么？我想做个你的运转手，你肯雇我么？”这是诗人歌咏日出的话。在《蜜桑索罗普之夜歌》里又是一番情景：“我独披着件白孔雀的羽衣，遥遥地，遥遥地，在一只象牙舟上翘首。”因为孔雀的羽衣的原故，我好像记得《冰心诗集》里也有，在《春水》里翻得这一首：

> 我的心忽然悲哀了！
> 昨夜梦见
> 独自穿着冰绡之衣，
> 从汹涌的波涛中
> 渡过黑海。

另外《冰心诗集》里有一首题作《解脱》，篇幅稍长，我们抄取一段：

> 珍惜她如雪的白衣，
> 却仍须渡过
> 这无边的黑海。
> 我的朋友！
> 世界既不舍弃你，
> 何如你舍弃了世界？

冰心女士美的诗句“沉思里拾起枯枝，慨然的鞭自己地上月中的影子”，也便是这首《解脱》里的句子。今天本是讲《沫若诗集》，却抄了不少《冰心诗集》里的诗，我对于这两位诗人很表示敬重，在中国诗体解放运动之后，应有这一番诗人的本色了。

现在我们撇开那一位诗人再来谈谈这一位诗人。郭沫若在《创造者》一诗里说：“我唤起周代的雅伯，我唤起楚国的骚豪，我唤起唐世的诗宗，我唤起元室的词曹”，郭沫若的新诗里楚国骚豪的气氛确是很重，大概因为诗体解放而有诗情解放，因为诗情解放而古代诗人的诗之生命乃在今代诗人的体制里复活，原是一个很自然的事情。我们且抄他一首《凤歌》来：

即即！即即！即即！
即即！即即！即即！
茫茫的宇宙，冷酷如铁！
茫茫的宇宙，黑暗如漆！
茫茫的宇宙，腥秽如血！

宇宙呀，宇宙，
你为什么存在？
你自从那儿来？

你坐在那儿在?
你是个有限大的空球?
你是个无限大的整块?
你若是有限大的空球,
那拥抱着你的空间
他从那儿来?
你的外边还有些甚至存在?
你若是无限大的完整,
这被你拥抱着的空间
他从那儿来?
你的当中为什么又有生命存在?
你到底还是个有生命的交流?
你到底还是个无生命的机械?

昂头我问天,
天徒矜高,莫有点儿知识。
低头我问地,
地已死了,莫有点儿呼吸。
伸头我问海,
海正扬声而呜咽。
啊啊!

生在这样个阴秽的世界当中，
便是把金刚石的宝刀也会生锈。
宇宙呀，宇宙，
我要努力地把你诅咒：
你浓血污秽着的屠场呀！
你悲哀充塞着的囚牢呀！
你群鬼叫号着的坟墓呀！
你群魔跳梁着的地狱呀！
你到底为什么存在？
我们飞向西方，
西方同是一座屠场。
我们飞向东方，
东方同是一座囚牢。
我们飞向南方，
南方同是一座坟墓。
我们飞向北方，
北方同是一座地狱。
我们生在这样个世界当中，
只好学着海洋哭。

这一首《凤歌》，可算是新诗的《天问》，自从楚国的骚豪屈原以来很少有诗人这样问过的。郭沫若在新诗坛上出现，楚国骚豪的空气在新诗里鼓动起来了。诗人自己宣言过，诗不是做出来的，只是写出来的。这大约是这一派诗人的特色。因为新诗而脱去了“做”诗的束缚，这一派的诗人乃自由滋长，结果是上下古今乱写，没有一毫阻碍。这时候的阻碍又在于文字语言不听命令，即是说感情有时写不出说不出，如郭沫若的《梅花树下醉歌》一首诗，从“梅花！梅花！我赞美你！”一直写到“破！破！破！我要把我的声带唱破！”我觉得还是不中用的，读者当然也受到了一点影响，即是理会得作者有一种感情用语言文字唱不出来。又如《夜步十里松原》一首诗，一直写到“我的一枝枝的神经纤维在身中战栗”，虽然是把他的枝枝的神经纤维在身中战栗都告诉我们了，我们还是觉得作者是写不出，故隔靴抓痒的说一句。又如《司春的女神歌》云：

司春的女神来了。
提着花篮来了。
散着花儿来了。
唱着歌儿来了。

“我们催着花儿开，

我们散着花儿来，
我们的花儿
只许农人管簪戴。”

红的桃花，白的李花，
黄的菜花，蓝的豆花
还有许多不知名的草花。
散在树上，散在地上。
散在农人们的田上。
沿路走，沿路唱：
“花儿也为诗人开，
我们也为诗人来，
如今的诗人
可惜还在吃奶。”

司春的女神去了。
提着花篮去了。
散完花儿去了。
唱着歌儿去了。

这一首歌真是唱得很好，只是唱到“如今的诗人可惜还在吃奶”大约也是唱不出，故勉强以“吃奶”二字了事，我读到这里真有点为诗人可惜，觉得一首好诗破坏了一角。这并不能说是作诗人幼稚的原故，白话新诗对于这一派诗人的天才，有时反而不能加以帮助，好比冰场上溜冰一样，本来是没有阻碍的，但滑就是阻碍，随便的滑一下，自己觉着，别人也看着你滑一脚了，好像气力不够似的。郭沫若的诗在这一点上又与康白情的诗相似，两位诗人的天才都是音乐的。不过康白情的诗是描写的，诗人的感情与外界景物和在一起的；郭沫若的诗是直抒的，诗人的感情碰在所接触的东西上面。因为是诗人的感情碰在所接触的东西上面，所接触的如果与诗感最相适合，那便是天成，成功一首好诗，郭沫若的《夕暮》成功为一代的杰作，便是这个原故。这首《夕暮》，不但显出自由诗的价值，也最显出自由歌唱的诗人的个性，也最明显的表现着自由诗的音乐，可谓相得益彰了。郭沫若还有一首《灯台》，也是一首杰作：

那时明时灭的，
那是何处的灯台？
陆地已近在眼前了吗？
转令我中心不快。

啊，我怕见那黑沉沉的山影，
那好像童话中的巨人！
那是不可抵抗的，
陆地已近在眼前了。

这首诗也是天成，诗人的感情与所接触的东西好像恰好应该碰作一首诗，于是这一首诗的普遍性与个性具有了。若诗感与所碰的东西还应加一番制造，要有人工的增减，此事便出乎诗人郭沫若的能力之外，那么这一首诗便多少要不完全，诗人的个性自然还是有的，诗的普遍性乃成问题了。我们且从沫若诗集里提出几首诗来裁判一下。如《日暮的婚筵》一诗云：

夕阳，笼在蔷薇花色的纱罗中，
如像满月一轮，寂然有所思索。

恋着她的海水也故意装出个平静的样儿，
可是他嫩绿的绢衣却遮不过他心中的激动。

几个十二三岁的小姑娘，笑语娟娟地，
在枯草原中替他准备着结欢的婚筵。

新嫁娘最后涨红了她丰满的庞儿，
被她最心爱的情郎拥抱着去了。

这首诗大约是作者实写其所见，也就是作者抒写其诗情，第三段两句大约是在枯草原中确有几个小姑娘玩耍，所以诗人把她们写在《日暮的婚筵》之中了，然而这一段的情景在诗里反而没有一个必然性，以之构成一首诗，失却诗的普遍性了。

又如这一首《偶成》：

月在我头上舒波，
海在我脚下喧豗，
我站在海上的危崖，
儿在怀中睡了。

这首诗的情景恐怕很好，但诗却写得不成功，因为第四句一件偶然的事情，不足以构成诗的普遍性。所以诗有时还是要“做”出来的，不只是写出来的。《扬鞭集》里那一首《母亲》，我想再抄在这里比较一下：

黄昏时孩子们倦着睡着了，
后院月光下，静静的水声，
是母亲替他们在洗衣裳。

这首诗所写的情景，读者自然不问是描写当时实在的情景或者不是的，即因为这首诗有诗的普遍性。这首诗也不能不说是“做”出来的。郭沫若的《偶成》确是写出来的了。

又如《天上的市街》：

远远的街灯明了，
好像闪着无数的明星。
天上的明星现了，
好像点着无数的街灯。

我想那缥渺的空中，
定然有美丽的街市。
街市上陈列的一些物品，
定然是世上没有的珍奇。

你看，那浅浅的天河，

定然是不甚宽广。
我想那隔河的牛女，
定能够骑着牛儿来往。

我想他们此刻，
定然在天街闲游。
不信，请看那朵流星，
那怕是他们提着灯笼在走。

这首诗想总不能不说是做出来的，而且第四段四句做得很好，第三段牵牛织女骑牛过河却不能不说是“如今的诗人可惜还在吃奶”，远不如古典派“此日六军同驻马，当时七夕笑牵牛”做得好玩了。古典派虽然在那里“做”诗，却是很能了解诗的普遍性这个道理。郭沫若的诗是写出来的，写出来好就好，不好也就没法子好，有时想做也做不出来的了。

我再抄《西湖纪游》的《赵公祠畔》末二节：

草上的雨声，
打断了我的写生。
红的草叶不知名，

摘去问问舟人。

雨打平湖点点，
舟人相接殷勤。
登舟问草名，
我才不辨他的土音。
汲取一杯湖水，
把来当作花瓶。

这两节诗情真是很好，而且很有点纷至沓来，作者奈何它不得，好像黑旋风李逵大刀阔斧使惯了，斯文事有点干不来，所以“登舟问草名，我才不辨他的土音。”然而“汲取一杯湖水，把来当作花瓶”，写得恁地文秀。我抄这两节诗的意思是说郭沫若的诗可惜只是写出来的，他如果能做出来，这一首《赵公祠畔》，便是“天上的街市，定然是世上没有的珍奇”。《沫若诗集》里有《江湾即景》，算是作者很特别的诗，我抄来做我这一篇的结束：

蝉子的声音！

一湾溪水，

满面浮萍。

郊原的空气——
这样清新！

对岸的杨柳
摇……摇……

白头乌！
十年不见了！

柳阴下，
浮着一群鸭子呀！

十三 《十年诗草》

我的新诗讲义讲到郭沫若，学年便完了，那时是民国二十六年。接着七七事变我离开了北京大学，再也没有写这个讲义的机会了，到现在这还是一个未完的工作。这个未完的工作一直放在我的心里，但它的原来的计划我忘记了很多，讲了郭沫若之后应该讲谁，简直记也记不起。三十五年重回北平，关于新诗所搜集的书籍统统散失了，只有卞之琳、林庚以及一个少年（现在他已不是少年了）朱英诞的诗集尚保存着，因为他们三个人的集子（林庚与朱英诞是自己出版的）我另外保存在一个箱子里，而这个箱子是我唯一存在的东西。与之琳见面后他又送给我他的《十年诗草》。冯至也送给我一册《十四行集》。于是我微微一笑，我要完成我的未完的讲新诗的工作，只要把卞之琳、林庚讲讲，再加一点冯至的十四行诗便已成了。对于有些作新诗的人当然有点抱歉，我对于我的工作确是不抱歉，我觉得它已经完成了。我知道我遗漏了一些好诗，因为我记得我还读过许多好诗，但我的工作可以无遗憾了，我所遗漏的诗也正是说明我的工作。可见我对于这件事是胸有成竹，我可以把它公之于天下后世。于是我开始继续工作，我把卞之琳、林庚的诗重新读几遍，我真是叹息，他们的成绩真是很好。冯至的十四行诗也很好。中国的新文学算是很有成绩了，因为新诗有成绩。五代的词人编有《花间集》，南宋的词人编有《绝妙好词》，成为文学史上有意义的两部书。我们现代的新诗也可以由我们编一本新诗选了，它可以在文学史上成为一件有意义的工作。是的，我们的新诗简直可以与唐人的诗比，也可以有初唐盛唐晚唐的杰作，也可以有五代词、北宋词、南宋词的杰作，或者更不如说可以与整个的旧诗比，新诗也有古风有近体，这不能不说是一件盛事。我劝大家不要菲薄今人，中国的新诗成绩很好了。

今天我就来讲卞之琳。我把他的诗重读之后，除了爱他的诗而外，我还有一个满足，便是，在我的讲新诗里头虽然没有讲徐志摩，并没有损失，卞之琳的文体完全发展了徐志摩的文体，这个文体是真新鲜真有力量了，那么天下为公，还有什么不足的地方呢？徐志摩的新诗可以不讲，徐志摩的文体则决不可埋没，也决不能埋没，所以有卞之琳之诗了。我现在对于新诗的形式问题比以前稍为宽一点，即是新诗也可以有形式，不过这不是根本的事情，根本的事情还是我以前的话，新诗要诗的内容散文的文字。我再一想，新诗本来有形式，它的唯一的形式是分行，此外便由各人自己去弄花样了。因为是散文的文字，同西洋诗的文字一样，要合乎文法，于是形式确是可以借助于西洋诗的形式写成好诗的。卞之琳与冯至的有规律体的诗确是很好了。我自信我没有成见，我是从事实观察，在我以前编讲义的时候，我还没有发现有规律体的好诗。林庚后来的诗也有形式，他完全是旧诗的原则，只不过拿复音字代替了单音字，他却失败了。

下面是我选的卞之琳的诗，每首之后总想附点意见，最好是就我所能懂得的解释给大家听，不过解释便太占篇幅，附意见则意见每写不出，因为卞之琳的新诗好比是古风，他的格调最新，他的风趣却最古了，大凡“古”便解释不出。如古诗“江南可采莲，莲叶何田田，鱼戏莲叶间，鱼戏莲叶东，鱼戏莲叶西，鱼戏莲叶南，鱼戏莲叶北”，同小孩子写的一样，谁能解释呢？但这真是古诗，写得有趣。记得旧日的诗家在这首古诗上批一句“格最奇”，是的，最奇而最古了。我一点也不附会，我顶喜欢这首古诗。

卞之琳有些新诗便是如此，如此的诗你不懂得它好，旁人真无从解释，只好说茶热得好了。卞之琳的诗又是观念跳得厉害，无题诗又真是悲哀得很美丽得很，我最初说卞诗真个像温飞卿的词，其时任继愈君在座，他说也像李义山的诗，我当时有点否认，因为温李是不同的。李诗写得很快，多半是乱写的，写得不自觉的。卞之琳的诗是很用功写的。后来我想，卞之琳诗里美丽的悲哀，温词是没有的，卞诗有温的秾艳的高致，他却还有李诗温柔缠绵的地方了。李诗看起来是华丽，确是“清”，卞之琳没有李商隐金风玉露的清了，林庚却有。故我最初否认任继愈君的话。实在我想他的话有理由，单是温飞卿的“画屏金鹧鸪”不足以尽卞之琳的新诗。本来“画屏金鹧鸪”亦不足以尽温词，我在本讲义最初已讲过，温飞卿每每从美人身上一点一点东西写到身外之物很远很远的山水上面去了。我选择的标准是很严的，首先当然要诗意充足，就是诗意充足而文章有些微不自然的地方我都割爱，如《寂寞》这一首：

乡下小孩子怕寂寞，
枕头边养一只蝈蝈；
长大了在城里操劳，
他买了一个夜明表。

小时候他常常羡艳
墓草做蝈蝈的家园；
如今他死了三小时，
夜明表还不曾休止。

乡下小孩子枕边养蝈蝈与买夜明表都是最新鲜不过的文字，是卞之琳的特色。“如今他死了三小时，夜明表还不曾休止。”诗意佳，句子亦极新鲜，尤其是“如今他死了三小时”一句真好，来得有力量，来得自然。然而像起头“乡下小孩子怕寂寞”一句便差好些，仿佛同一般作文章起头时许多意思无从下笔，于是勉强来一句破题，新诗可不能这样。一首新诗要同一个新皮球一样，要处处离球心是半径，处处都可以碰得起来。句句要同你很生，因为来自你的意外；句句要同你很熟，本来在你的意中了。若“乡下小孩子怕寂寞”这一句我们都可以写，无须乎卞之琳。故《寂寞》这首诗不能入选。有观念跳得厉害而诗不能文从字顺者不选，不普遍者不选，如《圆宝盒》《距离的组织》《鱼化石》等篇是。卞之琳跳动的诗而能文从字顺，跳动的思想而诗有普遍性，真是最好的诗了。所选的一共有十一首。

道旁

家驮在身上像一只蜗牛，
弓了背，弓了手杖，弓了腿，
倦行人挨近来问树下人
（闲看流水里流云的）：
“请教北安村打哪儿走？”

骄傲于被问路于自己，
异乡人懂得水里的微笑；
又后悔不曾开倦行人的话匣
像家里的小弟弟检查
远方回来的哥哥的行箧。

这首诗最初在《水星杂志》上刊出时，我读了非常之喜欢。我并不是读一遍便懂得的，但我读一遍便喜欢它的新鲜，于是读了好几遍，愈读愈喜欢。到现在我还是喜欢这首诗，它古朴得好，新鲜得好，句子是真好，意境也是真好，把作者的个性都显出来了。你若问我这首诗到底有什么意思呢？我告诉你这种诗是新诗的古风，很难说有什么意思的。陶渊明“五六月中，北窗下卧，遇凉风暂至，自谓是羲皇上人”，有什么意思呢？然而陶渊明甚爱惜之，“意浅识罕，谓斯言可保。”卞诗的句子之好则是可以说得出的，是欧化得有趣，欧化得自然！首两行是形容第三行的倦行人，“家驮在身上像一只蜗牛”，谁会这样形容“家累”呢？要我能写出这个句子来，我便说我不食人间烟火！然而我们的诗人他年青得很，他只是天真罢了，“多思”罢了。“多思”这两个字他的诗里头常用的。括弧里面“闲看流水里流云的”形容树下人也好。来一个括弧也有趣味。接着一句问话也有趣味。诗情闲得很，忙得很，令我们读着仿佛山阴道上应接不暇的光景了。第二段“骄傲于被问路于自己”，这个骄傲真可爱，句子真像蜗牛，蜷曲得有趣。“异乡人懂得水里的微笑”，微笑得有趣。最后一句真是淘气得可爱，话长得可爱，真是不会说话的小弟弟的话匣子了。不会说话，我这话说错了，小弟弟是顶会说话的。我常常想学卞之琳的造句，结果我的句子只能做到“乡下小孩子怕寂寞，枕头边养一只蝈蝈”这个样子，自己非常之不满意。读者别误会我是叫人学别扭，我倒是叫人懂得自然，便是“渐近自然”的自然。很有趣，称赞自然的人便很别扭，什么叫做“丝不如竹，竹不如肉”呢？答曰，渐近自然。我恐怕我的话还不足以赞美别扭，即自然。我不如举《论语》来做保护人。你能说《论语》

的文章不好吗？我觉得《论语》的句子与卞之琳是一派，很别扭，很自然。我决不是附会。而且我敢担保卞之琳写这一首《道旁》时，还在学英文，并没有读《论语》。其所以同工巧之故，乃是他们讲究文法。造句子而讲究文法，故有时又像是欧化。故我曾戏称《诗经》《论语》的句子是欧化。那么可见中国人不讲究文法了。“有朋自远方来”，这个句子便很别扭，很自然，合乎文法。这是《论语》的文章。“叶公问孔子于子路。”这也是《论语》的句子。“子罕言利与命与仁。”这个句子是怎样别扭，怎样自然！若译作外国文，可以照字直译了。“不义而富且贵，于我如浮云”，这完全是卞之琳的句法了。“吾不与祭，如不祭”，“尧舜其犹病诸”，“窃比于我老彭”，都是很别扭很自然的。《诗经》的句子亦然。“七月在野，八月在宇，九月在户，十月蟋蟀入我床下”，“瞻乌爰止于谁之屋”，私塾先生不懂文法，以七月在野句为五句，瞻乌爰止为两句，以为读起来很自然，其实是合乎文法的很别扭的一句了。我读了卞之琳的诗句很喜欢它，故而引了曰诗云以表示我的欢喜。

航海

轮船向东方直航了一夜，
大摇大摆的拖着一条尾巴，

骄傲的请旅客对一对表——
“时间落后了，差一刻。”
说话的茶房大约是好胜的，
他也许还记得童心的失望——
从前院到后院和月亮赛跑。
这时候睡眼朦胧的多思者
想起在家乡认一夜的长途
于窗槛上一段蜗牛的银迹——
“可是这一夜却有二百浬？”

这一首《航海》我也很喜欢。我喜欢它比喜欢安徒生的童话还要喜欢。我是喜欢写实的，童话而是写实，故我喜欢。童话而是写实者，如瓦特之弄开水壶是也。卞之琳的诗即是如此，他的幻想好像是思想家，不，他是诗人了。他能像打糖锣的一样，令我像一个小孩子给他吸引去了。“在家乡认一夜的长途于窗槛上一段蜗牛的银迹”，这句子该有多好！真像是蜗牛的银迹。这思想又是多妙，蜗牛的一段银迹等于一只轮船的二百浬的一夜，而茶房的差一刻钟又要对一对，时间与空间真是严格得很，荒唐得很，有趣得很。不过我这一引申很有点不妙，作者只不过同乡下小孩子买夜明表一样，他好奇罢了，他喜欢它罢了。然而我所以引申者，也有我的原故，我喜欢具体的思想，不喜欢“神秘”，神秘而要是写实，正如做梦一样，我们做梦都是写实，你不会做我的梦，我不会做你的梦。凡不是写实的思想我都不喜欢了。只要你是写实，无论怎样神秘，我都懂得。惟其写实，乃有神秘。否则是糊涂了，是空虚了。我喜欢卞之琳的《航海》，喜欢乡下小孩子买夜明表。卞之琳的思想真是“明”得很，然而夜明表又在“夜”里。我虽然认得他，但认得人并不就认得诗。他大约是近视眼。又真是多思者。他的句子又是最新鲜最准确的技巧，真像一只表。我是写我自己的实在感觉，我初读卞之琳的诗（百读还是如此）诚如刘姥姥初见自鸣钟也。

倦

忙碌的蚂蚁上树，
蜗牛寂寞的僵死在窗槛上
看厌了，看厌了；
知了，知了只叫人睡觉。

蟪蛄不知春秋，
可怜虫亦可以休矣！
华梦的开始吗？烟蒂头

在绿苔地上冒一下蓝烟吧？

这首诗很别致，很有情趣，写得很容易，而是写实。我前说惟其写实乃有神秘者，因为你看见的东西我不一定看见，我看见的东西你不一定看见，写出来每每不在意中也，故神秘得很。陶渊明“采菊东篱下，悠然见南山”，我们说他写得自然，其实神秘得很。此诗最后一句“烟蒂头在绿苔地上冒一下蓝烟”亦是悠然见南山之类。我前说卞之琳的句子像蜗牛蜷曲得有趣，我今抄这一首诗，我觉得我的话很有根据，我选了他三首诗，我毫无成见，我忽然发现三首诗就有三个“蜗牛”，很有趣。

归

像一个天文家离开了望远镜，
从热闹中出来闻自己的足音。
莫非在自己圈子外的圈子外？
伸向黄昏去的路像一段灰心。

这首诗为什么题作“归”？真是神秘得很。岂“我欲乘风归去”耶？我不能说我懂得作者的作意，但我觉得他写得很好玩。头两行意思非常之明白，我顶喜欢他的比喻新鲜，非常之显得个性。天下最热闹的地方莫过于天文家的望远镜，世上最没有声音的场所也莫过于天文家的范围，自己的足音倒真是一件奇事了，理应出来听听！——自己站在那里听什么呢？若说声音吗？“莫非在自己圈子外的圈子外？”这时所看见的，“伸向黄昏去的路像一段灰心。”这可见是整天的忙碌之后。我这番话说得太不含糊了，仿佛事无对证似的，可以由我乱说。倘若作者笑我：“我作诗的意思不是这样！”那我的话便没有一点价值了。

车站

抽出来，抽出来，从我的梦深处
又一列夜行车。这是现实。
古人在江边叹潮来潮去；
我却像广告纸贴在车站旁。
孩子，听蜜蜂在窗内着急，
活生生钉一只蝴蝶在墙上
装点，装点我这里的现实。
曾经弹响过脆弱的钢丝床，
曾经叫我梦到过小地震，
我这串心跳，我这串心跳，
如今莫非是火车的怔忡？

我何尝愿意做梦的车站！

这真是最美丽最新鲜而且最具体的诗，除了卞之琳任何人不能写。诗大约总是在车站上等车等得着急写的。“抽出来，抽出来，从我的梦深处又一列夜行车。”这是写实，故紧接着一句“这是现实。”这两句十分切实，十分空灵，因为是又一列“夜行车”，故如从“我的梦深处”来了。诸君，车站上的火车来了，不像是从我们的梦深处来了吗？故曰“这是现实”。接着“古人在江边叹潮来潮去；我却像广告纸贴在车站旁。”真是太好了，令我非常之同情，我仿佛看到卞之琳像一张广告一样贴在火车站上等车。其实诗情是无我，是美丽，我一点也不替他着急了。那么你就是钉一只蝴蝶在墙上，虽然无聊，虽然着急，还是美丽的，即是诗情美丽，可以与庄周梦蝴蝶比美也。现代诗人的梦真应该在火车站上！所以有卞之琳的诗也。底下写诗人的心跳都跳得令我们非常之能了解，但一点也不同情他，因为有这一首好诗。本来身如逆旅，古今同有此情，而卞之琳说得太新鲜了，太可爱了，太切实了，心跳是“火车的怔忡”，于是身子是“梦的车站”！我说他“无我”，是非常之实在的一句话。此他的诗所以空灵之故。而感情那么切实。

雨同我

天天下雨，自从我走了。
自从我来了，天天下雨。[①]
两地友人雨，我乐意负责。
第三处没消息，寄一把伞去？

我的忧愁随草绿天涯：
鸟安于巢吗？人安于客枕？
想在天井里盛一只玻璃杯，
明朝看天下雨今夜落几寸。

我讲前一首诗说“无我”，这一首诗偏偏说“雨同我”，其实雨同你有什么关系呢？你的诗却是写得太好了，天下雨便让你去负责。首两句句子该是多好，也是平常可有的事情，我在这里，这里不下雨，我走了天天下雨；我没有来，那里不下雨，我来了天天下雨。对于两地友人我很抱歉。其实两地友人未必怎样介意这件事情，诗人自己多情

---

① 这两句诗，人民文学出版社一九七九年出版的《雕虫纪历》中稍有不同：

“天天下雨，自从你走了。”
“自从你来了，天天下雨。”

罢了，或者自己心里烦，不喜欢雨，于是雨真是美丽了，因为写了这一首绝妙好诗。“第三处没消息”，第三处当然是情人，然而无奈没消息何！那么寄一把伞去。因为天下雨。究竟那里下雨了没有呢？你不还是没消息么？这把伞真是太可爱了，这个诗情真是太可爱了，太美丽了，比写这讲义的人一向所喜欢的“细雨梦回鸡塞远”还要好，因为卞之琳的这句诗一定来得很快，是真的心情，不是想象了，故我们更应该爱惜它。究竟还只有雨同诗人有关系，朋友未必要你负责，各有各的生活，各有各的甜蜜，或者还如古诗说的“入门各自媚，谁肯相为言！”第三处没消息倒是自己的事。自己大约寄住在朋友家里罢，或者住旅馆罢，故曰“客枕”。于是要在天井里盛一只玻璃杯，明朝看天下雨今夜落几寸。这个玻璃杯里所盛的不是水，是天下雨，是诗人一切的意思了，否则世界太抽象了。“明朝看天下雨今夜落几寸。”这个句子真是神乎其神。这个思想真是具体得很，是大家都可以看得见的几寸雨了，然而谁能有这一份美丽呢？李商隐有一句诗写雨真是写得奇怪，这句诗是：“雨不厌青苔。”这雨该是多干净！卞之琳的天下雨也一点不拖泥带水了。新诗还不是美丽的溢露，是一座雕像，是整个的庄严。

无题一

三日前山中的一道小水，
掠过你一丝笑影而去的，
今朝你重见了，揉揉眼睛看
屋前屋后好一片春潮。

百转千回都不跟你讲，
水有愁，水自哀，水愿意载你。
你的船呢？船呢？下楼去！
南村外一夜里开齐了杏花。

卞之琳的《无题》之佳，应是无以复加，不知子都之美者，无目者也。我本来想选四首，现在只选两首。这第一首，诗分两章，首章是想象，三日前你在山中看见的水，今朝你重见了，你揉揉眼睛看，看屋前屋后好一片春潮！于是有第二章，你知道水是百转千回走去的么？水不跟你讲，却是很寂寞，很有哀伤，他愿意载你哩！往下两行便很神秘了，你说你愿意载我，你的船呢？你的船呢？因为载我我非坐船不可。女人真是咄咄逼人，不管人家的哀愁。这是可以讲的。也可以这样讲：是诗人自己同自己说话，你说你愿意载她，你的船呢？你的船呢？于是自己觉得自己好笑了，这时正在下楼，下楼去罢，南村外一夜开齐了杏花。清早下楼看见外面许多杏花，这是现实。其余的都是痴情罢了。诗中令人糊涂的是“你的船呢？”问话里面的“你”字，这个“你”不是“水愿意载你”的“你”，一是水做的，一是泥做的，用贾宝玉的话。我说这首诗好，你大约可以承认罢。

无题二

窗子在等待嵌你的凭倚。
穿衣镜也怅望，何以安慰？
一室的沉默痴念着点金指，
门上一声响，你来得正对！

杨柳枝招人，春水面笑人。
鸢飞，鱼跃；青山青，白云白。
衣襟上不短少半条绉纹，
这里就差你右脚——这一拍！

作者送我一本《十年诗草》的时候，曾把这首诗指给我看，生怕我不懂最后一行破折号后面的“这一拍”，他说“这一拍”的地位是所差的右脚已经到了，诗的韵律虽差一拍，而人到了。其实我想他告诉我的并不是这个，我倒是觉得“衣襟上不短少半条绉纹”有点晦涩。衣的绉纹应该如水的绉纹才对，所谓吹绉一塘春水，那么这个衣襟仍是来人的衣襟，即女儿走路衣服走得动了，即是望见人来了。那么这个衣襟并没有半条绉纹，应该是电烫得平平的，何以说绉纹呢？所以这个句子里面的“绉纹”二字用得很有问题。或者指有一件衣裳挂在那里，因为人儿不来，于是把她身上穿的衣服一点一点的都看清楚了乎？总不至于是泛说一句，如上面青山白云等等一样。故我说这个句子晦涩。然而无论如何这首诗新鲜。

水分

蕴藏了最多水分的，海绵，
容过我童年最大的崇拜，
好奇心浴在你每个隙间，
我记得我有握水的喜爱。

然后我关怀出门的旅人：
水瓶！让骆驼再多喝几口！
愿你们海绵一样的雨云
来几朵，跟在他们的尘后！

云在天上，熟果子在树上！
仰头想吃的，凉雨先滴他！
谁教挤一滴柠檬，然后尝
我这杯甜而无味的红茶？

我敬你一杯。酒罢？也许是。
昨夜我做了浇水的好梦：
不要说水分是柔的，花枝，
抬起了，抬起了，你的愁容！

这种诗真是可爱，作者不但遇事见其新鲜的人，他又是一个热情的人，这首诗便是他的热情。文章怎么这么会写？感情怎么这么不浮泛？他真是写出水分的感情来了。诗没有不明白的地方，只是空灵而突兀，首章我读之喜爱，二三章为其关怀所动，四章为之悲伤，我真是同情于诗人之思。不要说水分是柔的，你看你看，花抬起来了，抬起了她的愁容！不是水分的因缘么？

淘气

淘气的孩子，有办法：

叫游鱼啮你的素足，
叫黄鹂啄你的指甲，
野蔷薇牵你的衣角……

白蝴蝶最懂色香味
寻访你午睡的口脂。
我窥候你渴饮泉水
取笑你吻了你自己。

我这八阵图好不好？
你笑笑，可有点不妙，
我知道你还有花样——

哈哈！到底算谁胜利？
你在我对面的墙上
写下了“我真是淘气”。

这首诗很像徐志摩的，尤其是诗的题目同第三章，不过徐志摩不能写得这样有节制，他总不免有撒野的地方了。下诗便完全得很。

灯虫

可怜以浮华为食品，
小蠓虫在灯下纷坠，
不甘淡如水，还要醉，
而抛下露养的青身。

多少艘艨艟一齐发，
白帆篷拜倒于风涛，
英雄们求的金羊毛
终成了海伦的秀发。

赞美吧：芸芸的醉仙
光明下得了梦死地，
也画了佛顶的圆圈！

晓梦后看明窗净几，
待我来把你们吹空，
像风扫满阶的落红。

这首灯虫赞美丽极了，同以前的诗有点不同，以前是立体的，这是平面的，所以很容易懂。以极浓的一幅画，用了极空的一枝笔，是《花间集》的颜色，南宋人的辞藻了。

我将卞之琳的诗讲完了，我算是很用了一番心，想对得起作者。原来还选了几首，如《无题三》《无题四》《妆台》《白螺壳》，后来都割爱了，尤其是《妆台》很有点舍不得。所以终于舍弃之故，因为已经选了许多，诗虽好而稍为有铺张之处我便不选。我觉得新诗最好是不要铺张，宁可刻画，能够自然的描绘出来当然最好。有文字不能相生的我亦不取，如《无题三》首章最佳，若二章“我明白海水洗得尽人间的烟火”，何以见得海水洗得尽人间的烟火呢？没有典故，又没有物理在里头，容易成滥调，故这首终亦不选。《白螺壳》真是不应该舍掉，但我终于还是舍《白螺壳》而不舍《水分》。现在我将《白螺壳》的首章抄在下面，算是我写的卞之琳诗人赞：

空灵的白螺壳，你，
孔眼里不留纤尘，
漏到了我的手里，
却有一千种感情：
掌心里波涛汹涌，
我感叹你的神工，

你的慧心啊，大海，
你细到可以穿珠！
我也禁不住要惊呼：
“你这个洁癖啊，唉！”

诗人，我也禁不住要惊呼：你这个洁癖啊，唉！

十四　林庚同朱英诞的新诗

林庚的诗早在我的意中，我早已喜欢他那一份美丽。他从前曾同我谈旧诗，他说有许多诗只有一句好，也本只有一句诗，其余的都是不能不加上去的罢了，因为不加上去便不能成一首诗，而实在只有一句诗。他举了杜甫的"花近高楼伤客心"做例子，又举了杜甫的"玉露凋伤枫树林"。另外他又赞美李商隐的"沧海月明珠有泪"一句。我很佩服他的话。而实在我也很喜欢他的诗了。他这一句诗的话，如他所举的例子，很足以说明他自己的诗品了。真的，我读了他的诗，总有一种"沧海月明"之感，"玉露凋伤"之感了。我爱这份美丽。所以此回我预备重写新诗讲义的时候，林庚的诗认为是毫不成问题的，一定不令我费力，我可以很容易的选好些首了。他虽然有四本集子，我又毫不迟疑的只要他的《春野与窗》。孰知我讲完卞之琳之后，要动手讲林庚，把《春野与窗》看了又看，结果只能选四首，大出乎我的意外，我本意决不以为只会选四首了。卞之琳乃选了十一首。在二十六年我同他们两位分别的时候，卞诗我只记得一首《道旁》，林诗则不特意的记那一首，因为决不只一首了，何必记呢？那么，照我现在看来，林庚的诗不好了吗？不然，他的诗，在我的眼中，一点没有失却美丽，就诗的完全性说，恐怕只有这四首诗了。本来读古今人的诗，并不一定要看他的完全，不完全的诗或者还更有可爱处，但我的工作却不容许我泛滥的爱好了。我选的林庚这四首诗，却都能见其美丽，这是我差自告慰的。另外我将朱英诞的诗附在讲林庚这一章里头，在我却是有深意存焉。我并不是说林庚的分量不够，要拉一个人来合力才足以与人抗衡。在新诗当中，林庚的分量或者比任何人要重些，因为他完全与西洋文学不相干，而在新诗里很自然的，同时也是突然的，来一份晚唐的美丽了。而朱英诞也与西洋文学不相干，在新诗当中他等于南宋的词。这不是很有意义的事吗？这不但证明新诗是真正的新文学，而中国文学史上本来向有真正的新文学。如果不明白这一点，是不懂文学了。亦不足以谈新文学。真正的中国新文学，并不一定要受西洋文学的影响的。林朱二君的诗便算是证明。他们的诗比我们的更新，而且更是中国的了。这是我将他们两人合讲的原故。此外还有道义的关系，朱君是林君的学生，他又总说他是我的学生，虽不是事实，我却有情，他作诗时年龄甚青，我将他同林老师合讲，是表示我对于后生总有无限的希望，不必专列一章，那样便反而没有进步的意思。朱英诞的诗比林庚的诗还要选的多，也并不是说青出于蓝，蓝本来就是他自己的美丽，好比天的蓝色，谁能胜过呢？现在说来，我同他们两位好像很熟似的，当然很熟，但熟是从不熟来的，我同他们本没有一点关系，并不如之琳尚有北大同学关系，我与林朱的关系是新诗罢了。我一读了他们的诗就很喜欢，这真是很古的一句话，“乐莫乐兮新相知”了。中国的文坛却也是应该害羞的，因为专讲势力，不懂得价值，林朱二君的诗都是自己花钱出版的，朱君的集子恐怕没有人知道。此外程鹤西有一本薄薄的散文集，是真正的新文学，几位诗人都爱好，都是二十六年前的事，到现在无处出版，所以“不薄今人爱古人”，这句话也很不容易了。我这话却讲到题外去了。

下面是我选的林庚的四首诗。

大风之夕

风在冬夜是格外紧的

风中的旅行者啊

昨夜的路上我赶着走里
追上前面一个相识的人了

暮

屋顶的炊烟散入四方
夜欲收拾零乱的村舍
家家的双扉深闭上
模糊中路上的行人
渐渐踏上了熟识的路
履声传到远处
招来一个同样的人了
履声从对面走来

《大风之夕》与《暮》这两首诗我从前初读时便很喜欢，诗的意思很明白，很像初期的新诗，但初期的新诗决没有这里的清新。我喜欢这里面的诗人的哀愁，其哀愁总不以题目里的事实为止，总另外见诗人的性灵。这是这种诗所以清新之故。若初期时则是浑朴的。今天因为选诗的缘故，选了《大风之夕》，照抄下来，觉得无须加解释，再抄《暮》，抄了两首诗之后，乃觉得两首诗原来是一个性灵，难怪我们读着觉其完全了。新诗之必有诗的完全性而后能成为好诗，确乎是颠扑不破的事实。在我拿着诗集选定这两首诗的时候，只觉得诗好，并没有注意到两首诗都是“路上”的诗情，便是作者自己一定也不能留心到了。我说这话，是表示我的诗选的工作确乎是切实的。

沪之雨夜

来在沪上的雨夜里
听街上汽车逝过
檐间的雨漏乃如高山流水
打着柄杭州的油伞出去吧

雨水湿了一片柏油路
巷中楼上有人拉南胡
是一曲似不关心的幽怨
孟姜女寻夫到长城

这首诗真是写得太好，我很早就向作者表示我的赞美的。它真是写得太自然，太真切，因之最见作者的性情了。凡属诗，当然都是见性情的，难得想象之不可抑制，而眼前的现实都是诗人的性情，而诗人无心于悲哀，倒是倔强于自己的一份美丽，结果是这份美丽弹其知音之曲了，所以我们读之喜欢它的哀音。凡是美丽都是附带着哀音的，这又是一份哲学，我们所不可不知的。这话说得太玄了，我们还是具体的讲这首诗罢。林庚是福建人，但他是不是生长在福建我还不知道，他是在北平长大的确是知道的，凡属南方人而住在北方沙漠上，最羡慕江南，江南对于他们真是太美丽了，无论在他们的想象中，或者有一天他们到江南去了。所以林庚的《江南》有云："满天的空阔照着古人的心，江南又如画了。"江南真不知从什么时候起便是"暮春三月，江南草长"那么可爱了。林庚到江南去的诗都是"满天空阔照着古人的心"的诗，而作者又是现代的摩登少年，故诗都写得很有趣，而以《沪之雨夜》为一篇神品，也写得最完全。诗是写实，"来在沪上的雨夜里，听街上汽车逝过"，上海街上的汽车对于沙漠上的来客一点也不显得它的现代势力了，只仿佛是夜里想象的急驰的声音，故高山流水乃在檐间的雨漏，那么"打着柄杭州的油伞出去吧"也无异于到了杭州，西湖的雨景必已给诗人的想象撑开了，这两句诗来得非常之快，但只是作诗的一点萌芽。到了"雨水湿了一片柏油路，巷中楼上有人拉南胡，是一曲似不关心的幽怨，孟姜女寻夫到长城"，则诗已完全了，并不是写完全了，本来没有写的，要写也不过是这四句：

雨水湿了一片柏油路
巷中楼上有人拉南胡
是一曲似不关心的幽怨
孟姜女寻夫到长城

这确是同陶渊明“采菊东篱下，悠然见南山”一样是写实的，同时也没有另外的抒情方法了。我告诉诸君，这种诗都是很不容易有的，要作者的境界高，局促于生活的人便不能望见南山，在上海街上忙着走路的人便听不见一曲似不关心的幽怨，若听见也不过是贩夫走卒听见楼上有人拉胡琴而已，诗人则是高山流水，林庚一定在北方看见过万里长城，故在上海的夜里听见孟姜女寻夫到长城的曲子憧憬于“孟姜女寻夫到长城”了。李白诗“黄鹤楼中吹玉笛，江城五月落梅花”，大约也是写实，但还不及林庚来得自然，来得气象万千。王之涣诗“羌笛何须怨杨柳，春风不度玉门关”，大约只是想象，故又不及林庚的新诗的沉着了。读者以为我把新诗捧得太高否？我还告诉诸君一件事，卞之琳的《雨同我》所写的或者也是《沪之雨夜》，这两首诗最能表现两个作者不同，而同是诗人，目中无现代的上海，而在上海的夜里各自写出那样的在中国文学史上占地位的新文学的新诗了。我这个判断的句子长得可笑，但我喜欢它有意思。卞诗确乎像《花间集》卷首的词，林诗确乎像玉溪生的诗，若二者不可得兼，问两首诗我取那一首，我还是取林庚的《沪之雨夜》，因为它来得快些。再说我同卞之琳是一派，我总觉得文章是别派的好。

无题

一盆清丽的脸水
映着天宇的白云万物
我俯下去洗脸了
肥皂泡沫浮满了灰蓝色的盆
在一个清晨或一个傍晚
光渐变得微弱了的时候
我穿的盥衣是一件国货
华丽的镶边与长穗的带子
一块湖滨新买来的面帕
漂在水上如白净的船篷
于是我想着一件似乎很怅惘的事
在把一盆脸水通通的倒完时

林庚的诗有两首《无题》，我选了这第一首。这首诗很见作者的豪放，但一点也不显得夸大，因为他的豪放是美丽，是幻想，都是自己的私事，旁人连懂也不懂得，何致于夸大呢？温飞卿的词每每是这种写法，由梳洗的私事说到天宇的白云万物了，不过温词是约束，林庚的诗确是豪放。“于是我想着一件似乎很怅惘的事，在把一盆脸水通通的倒完时”，这种感情我最能了解，我从前写小说常有这种感情，林庚以之写诗来得非常之响亮，仿佛一盆脸水通通倒完了，豪放得很。而倒出去的都是诗人之幻想，所以美丽得很。这所谓“很怅惘的事”，一定是关于女子的事，故诗题作《无题》。

下面是我选的朱英诞的诗，从他的诗集《无题之秋》里面选出来的，共选了十二首。为什么选这么多呢？当然由于爱惜这些诗思，而且叹息古今的人才真是一般的，读了朱君的诗，或者一个句子，或者用的一个字，不像是南宋词人的聪明么？此外我还有一点恳切的意思，附志于此，说到南宋词人，则其为人也已经是限于慧业文人了，徒徒令我爱好，而他自己却是可惜的，我觉得我们总应该做伯夷柳下惠，要特立独行，用陶渊明的话是“不学狂驰子，直在百年中！”我这话或者有点过分，正如厨子做了好菜给我们吃而我们还要求厨子的道德，不苛刻了吗？不然，诗人是我的朋友，故我们是应该相尚以道的。

冬室

冬室度过的日子
鞋子走在铺地的芦席上
除了窗的半面
四壁别无响动的
窗上度过北地的沙风
挟着远近的寒光
在冷漠的各家墙头
与家室的同感

我很喜欢“在冷漠的各家墙头”的“各家”二字，以及“与家室的同感”的“同感”二字。家室确是同感，墙头确是各家，在冷漠的冬日里。我佩服这个少年人善感，而且很别致地写得出来。

红日

人间隐隐一声鸡
蓦地唱出红日来
更分明的颜色
各方的眼界。

归鸦若有远方的逃避
红日乃茫然而没落了
一个黯然的追求
谁将成梦呢。

首四行当然是写旭日，“蓦地唱出红日来”的“唱”字可爱。但我喜欢第二个四行的写落日，够得上伟大的诗思。“归鸦若有远方的逃避”真写得像，是厌世诗人的美丽，严肃得很，而紧接着“红日乃茫然而没落了”乃更不可及，仿佛红日的没落是附和着归鸦的逃避了。读者试想这个归鸦的颜色与那个红日的颜色，这时的天空该是怎样的分明，谁知是一个逃避呢？而紧接着“一个黯然的追求，谁将成梦呢”乃更不可及，红日的没落真是黯然的追求，那么谁将成梦呢？我们谁都应该替落日时的黯然作一个追求的梦似的。

雪之前后

亮云下若静室的幸福
普天之下无所献
夜来暖意暗暗
月乃无处投宿

无叶树开出花来
冬来才有的敦厚之路啊
门外朝行人的足迹
与人以薄命之感

这种诗真刻画得可爱，刻画而令人不觉其巧，只觉其天真。比南宋人的词要天真多了，可爱多了。“敦厚之路”“薄命之感”，正是南宋词的巧处，但我们为朱君的修辞之诚所笼罩了。

春及

两列树的一点天色里
潮潮的道上静静的
乃是我要走的路了吗
是谁的履痕且浅浅的呢
石头转出另一条路来
远远的笼护着戴红帽的人
独自走得极慢。

“两列树的一点天色里”，这都是刻画，但仍有其亲切之感，所以我们读着只觉其生动了。

海

海是常有风浪孤舟的吗
巨涛是为了什么呢
珊瑚岛上有真珠
深深的
多年的水银黯了
自叹不是鲛人
海水于我如镜子
没有了主人

这些思想也都很可爱，因为相传鲛人住在海里，那么海是鲛人的了，自己不是鲛人，那么“海水于我如镜子没有了主人”。想起海来海像一个镜子，想起海来海像一个镜子没有主人。说没有主人，天真的思想正有主人的境界了，是很可喜的。“多年的水银黯了”，银黯二字用得很好。

画

我愿意我的生命如一张白纸
如圣处女有她青青的天堂

日出的颜色追回昨晚落霞之梦
游子乃他乡的点缀
故里的情形将又是一番
温柔的睡去之后
明朝将是另一个宇宙
我想我将照太阳照出颜色来。

我最喜欢思想都是各人自己的，而真是各人自己的思想亦必是大家公共的，即所谓个性与普遍。这首诗“游子乃他乡的点缀，故里的情形将又是一番”，真是作者自己的思想，令我十分爱好，我仿佛做梦也梦不着这两句话，这两句话又仿佛正是我追求的梦境了，美丽得很。我们平常总是梦见故里，其实故里的情形又是一番，我们乃是在他乡的纸上画一张画罢了。“明朝将是另一个宇宙，我想我将照太阳照出颜色来”，这个句子是真巧，思想也是真好。

少年行

如春花与秋月
珍藏着一半的生命
梦与夜
找不着的此外之行踪

像池花台上的空间
停眸与驻足
在一张图画里
那定形的风迹呢

这首诗真是美丽得很，它的意义，也真是神秘得很，恐怕也具体得很，令我不敢赞一辞。大凡读者觉得很神秘的诗，作者一定是很具体的，从用的比喻便可以看得出。春花与秋月，我们都觉得它可惜似的，仿佛它只露出了一半的生命，那一半给藏起来了，其实是完全的，你到那里去找那一半呢？梦与夜都找不着此外之行踪。梦是春花与秋月的梦，没有另外的行踪；夜是春花与秋月的夜，没有另外的行踪。若池花台上的空间，大家停眸与驻足，都是看它，但却还有另外水上的风迹哩。我这番话不知能说得作者的神韵于万一否？此诗大约是咏秋心的。秋心死时俞平伯曾集梦窗词句“正十分皓月一半春光”挽它。

落花

走在无人之境里，
似过去前面就是座桃源；
一朵落花有影子闪下，

那翩翩的一闪，
觉出无声与无言；
仿佛落了满地的后悔，
寻不见一处回避的地方
与水面的不自然。

这首诗写落花真是写得神，尤其是最后的“仿佛落了满地的后悔，寻不见一处回避的地方与水面的不自然”，可以说是前无古人，在古人的诗与文里都没有的。落花落在地上，仿佛真是落了满地的后悔。落花真是寻不见一处回避的地方。落花与水面也真是没有一点不自然的地方，所谓落花流水也。

往下的四首方块诗是我选得好玩的。那时林庚试着写他的方块诗，朱君继之。林庚的理想甚好，但事实不可能，他要造成一种规律而可以自由歌咏，不必靠诗人的意境，此事连旧诗都做不到，何况新诗呢？故林庚的方块诗都失败了，即是自由歌咏不出来。朱英诞的方块诗仍等于不方块诗，靠诗人的意境，只是作者聪明会写文章，能写出一个方块的样子罢了。是作者帮助方块，并不是方块帮助作者，正如我们作文造句有时欧化得有趣而已。

过燕大

朱漆的门柱与古意的廊檐
是谁的幸福在友人的窗前
那同样的天却各自成一处
越野的一处多蝴蝶的林园

这首诗我觉得可爱。第二行“是谁的幸福在友人的窗前”首五个字不可解，但我亦不求甚解，仿佛就这样读读可以，可以引起许多憧憬似的。究竟什么叫做“是谁的幸福”在友人的窗前呢？今天我忽然大悟，大约是有一好看的女子“在友人的窗前”，故年青的诗人那么写。不过我这话太冒险了。

长夏小品一

轻雷驰过后的半个黄昏天与流汗的脸
落下来的蜂窠伞下的竹竿丁香的树前
孩子的狂欢里汗意与胭脂一片的声色
雨后的小巷风纳凉人说着天上的留恋

我很喜欢这首诗里面“伞下的竹竿”之一词，比庾信的“一寸二寸之鱼，三竿两竿之竹”还要引起我的欢喜，我真不知何故。我只知道这是南宋词的巧妙。大约伞是最集中诗人的想象的，何况南边人到北方来打伞，何况在这里不见竹子，故伞下的竹竿如池鱼思故渊也。

长夏小品四

热情时的林下找不着的风找不着宁静
塔上小小的人树外的楼台高高的心情
水边的细道上林隙的小景浅浅的颜色
轻轻的深呼吸不见有人来远远的语声

这首诗大概是少年人讲卫生在北海行深呼吸写所见。我所以选者，是喜欢“塔上小小的人树外的楼台高高的心情”。作者有时真是高高的心情也。

破晓

破晓时我醒来想着梦仍枕着枕上的温泪痕
无力的伤心里又睡去在一个素艳的清早晨
飞来的群鸦之朝气中招来了似生命的原始
那赤日如一团的严峻呈现了人间的色与声

这首诗我喜欢第三行的“朝气”与第四行那赤日如一团的“严峻”。写至此我言有尽而意无穷，愿与朱君再见。

十五　《十四行集》

我预备讲冯至的《十四行集》，颇感得难以下笔。我讲卞之琳讲林庚都有一个讲诗的快乐，只怕我说不出他们的好来，但他们的好处我已是先尝之，现在只是吐哺给别人了。我对于冯至的《十四行集》则不然，是大家先说他好，我乃再来仔细的读，我也确实读出了他的好来，我是被动的罢了。现在说起来，大家都是朋友，但真正论起友谊来，《十四行集》的作者同我是很早的朋友，比林卞诸人都早的多，如今论诗，老朋友反而觉得要客气些，难以下笔。大约这里面要排除一些世俗的氛围，有不能不讲的一份公话。关于卞之琳、林庚的话当然也是公话，但朋友之间私谈密语亦不过如此而已。老实说我对于《十四行集》这个诗集的名字颇有反感，作者自己虽不一定以此揭示于天下，他说他是图自己个人的方便，而天下不懂新诗的人反而买椟还珠，以为这个形式是怎么好怎么好，对于新诗的前途与其说是有开导，无宁说是有障碍。故我很想来说一份公话。如果冯至的诗写得不好，话又很容易说，而冯至的诗确是写得很好的，话又要说得无损于冯至的诗的价值，对得起诗篇，故我的话很难说了。我愿大家感得到我的说话之诚，便是我的幸福了。

是的，我虽然知道冯至的《十四行集》写得很好，但如果他不以《十四行集》做诗集的名字，我未必讲它。我所遗漏的好诗本来很多，因为我原不是选诗，我讲新诗是有我的主要的目的，即是新诗的发展出来与当初提倡新诗者的意思不同，好像哥伦布发现西半球，他以为西半球是东半球，是印度，而其实是美洲，出乎发现者的意外了！我们现在的新诗是白话诗，但当初新文学运动者所排斥的古典派乃正是今日新诗的精神了。古典派是以典故以辞藻驰骋想象，总而言之是有想象，今日的新诗也无非是有想象罢了。今日新诗的生命便是诗人想象的跳动，感觉的敏锐，凡属现实都是它的材料，它简直可以有哲学的范围，可以有科学的范围，故它无须乎靠典故，无须乎靠辞藻，它只要合乎文法的“文学的国语”，它与散文唯一不同的形式是分行。你是诗人你便可以写诗，所以容易得很，世间有多少诗人便有多少新诗，便有多少新诗的内容，所以新诗的前途非常之广阔了，——旧诗人拿着典故尚且应用无穷，何况新诗是以新鲜的世界为材料呢？但你如不是诗人，你也便休想做诗！新诗不同旧诗一样谁都可以做诗了，你做了贪官污吏你还可以做得好旧诗了，因为旧诗有形式，有谱子，谁都可以照填的，它只有作文的工巧，没有离开散文的情调，将散文的内容谱成诗便是诗的情调了。不懂得新诗与旧诗的性质，徒徒雷同做新诗，以为新诗也总有形式，（其实一切的诗，古今中外的诗，本来都有共同的形式，即是分行，这话是林庚说的，很得要领。中国新诗的形式便只有这个一切诗共同的形式，分行。）以前有新月派的追求"商籁体"，除了卞之琳不是以形式而成功是以写诗的技巧而成功外，可以说是白嚷一顿。现在有冯至的《十四行集》，他聪明些，虽不怎样以此标榜，却不无标榜之嫌了。他的诗虽然很好，但在中国文学史上没有根，因为他是诗人，有诗人的"烟士披里纯"，自然要写好诗，我选诗当然要选他，我讲诗则有讲诗的目的可以不讲他了。讲他是因为《十四行集》这个名字的原故。

《十四行集》一共有二十七首诗，每首都没有题目，只总名曰《十四行集》。我老实说，《十四行集》如果写得好，是作者本来有诗的，虽然十四行体也给了他的帮助；《十四行集》如果写得不好，便可见十四行体并不真是唯一的方便,（作者在《十四行集》再版自序里说他采用十四行体纯然是为了自己的方便）方便首先要文章自然，若文章不自然还谈什么方便呢?《十四行集》里面写得不好的例子似乎很有，有些可以不举，我只举两首，因为这两首诗我很喜欢，因为十四行体而成功而稍有毛病，如第六首：

我时常看见在原野里
一个村童，或一个农妇
向着无语的晴空啼哭，
是为了一个惩罚，可是

为了一个玩具的毁弃？
是为了丈夫的死亡，
可是为了儿子的病创？
啼哭得那样没有停息，

像整个的生命都嵌在
一个框子里，在框子外
没有人生，也没有世界。

我觉得他们好像从古来
就一任眼泪不住地流
为了一个绝望的宇宙。

这首诗最自然最朴质，应该是冯至的一首好诗，只可惜首章第四行“是为了一个惩罚，可是”写得太不自然。就说学外国罢，在外国诗里面没有因为韵律的原故单独把一个连接词放在一行的末尾，如冯至的“可是”，前面还要加一个逗点！这样讲韵律，岂不太笑话吗？中国旧诗，如三百篇，一章而句子没有完的没有，但一行而句子没有完的有的是，都非常之自然，如：

关关雎鸠
在河之洲。

又如：

瞻乌爰止
于谁之屋。

又如：

七月在野，
八月在宇，
九月在户，
十月蟋蟀
入我床下。

又如唐诗：

玉颜不及寒鸦色，
犹带昭阳日影来。

这些句子愈分行而愈巧妙愈自然，所以我很赞成林庚的话，分行就是诗的形式。十四行体也不过是分行之一体罢了，你采用十四行体确乎是看你的方便，或者更不如说由于你的好奇，但它不能掩你的短处。它也确实能给你以长处。它能给你以长处者，有时你的诗情虽不十分充足，不能像箭在弦上不得不发，它能“像一面风旗，把住一些把不住的事体”，如《十四行集》最后一首诗的话。如果你的诗情充足，好像弓拉得满满的，一发便中，如郭沫若的《夕暮》便是，何暇采用形式呢？又何尝没有形式呢？我觉得我的话说得公平，是真真爱护新诗而说的话。关于冯至的话我确实很难说，我今举出例子来，或可以把我的意思说明白了。冯至是有诗的，但他的诗情并不充足，想借形式的巧而成其新诗。我说这话一点没有不足的意思，完全是善意，艺术上的“巧”本来是美德，有什么可非难的地方呢？《十四行集》里的诗也确是因“巧”而成功了，其有拙劣处是冯至运用文字的手段不及卞之琳，如我们现在讨论的“是为了一个惩罚，可是”这一行，如果落在卞之琳的笔下，他一定有另外的花样了。这首诗没有这点小毛病，便是很朴质很自然的诗了。其所以成为很朴质很自然的诗之故，确乎是因为十四行体，即是“巧”，这一章波动到那一章，真像波浪似的，章完而句子不完，很有趣，章法的崎岖反而显得感情生动，这不是十四行体的好处吗？至其文章上有毛病，本不是十四行体的毛病，乃是作者的技巧不足，我今特为指出，是告诉大家不要盲从，见骆驼说马肿背固然可笑，一定要指着鹿非说马不可也是天下最大的奴隶了。那么我请大家只看诗写得好不好就是了，不必问十四行体好不好，因为十四行体不能保护一切。我们可以用十四行体写新诗，但最好的新诗或者无须乎十四行体。冯至我深知他是一个诗人，但他诗的力量不够，“智譬则巧也，圣譬则力也”，因为力不够故求助于巧。新诗本不必致力于形式，新诗自然会有形式的。

上面一段话虽然说得累赘，但我的意思好像说明白了。第二个例子是《十四行集》里的第十七首：

你说，你最爱看这原野里
一条条充满生命的小路，
是多少无名行人的步履
踏出来这些活泼的道路。

在我们心灵的原野里
也有几条宛转的小路，
但曾经在路上走过的
行人多半已不知去处：

寂寞的儿童，白发的夫妇，
还有些年纪青青的男女，
还有死去的朋友，他们都

给我们踏出来这些道路；
我们纪念着他们的步履
不要荒芜了这几条小路。

这首诗也很质朴，很自然，但如第三章第三行“还有死去的朋友，他们都”未免笑话！此地的“他们都”不等于外国文里面的关系代名词么？外国诗行没有拿一个关系代名词断行而前面还要加一个逗点的！如果以这样为方便，为得韵律便有这样的妙处，那是自欺欺人了。

下面七首是我认为《十四行集》里面有十四行体的好处而没有坏处的好诗，按着原集的次序抄下来。

一

我们准备着深深地领受
那些意想不到的奇迹，
在漫长的岁月里忽然有
彗星的出现，狂风乍起：

我们的生命在这一瞬间
仿佛在第一次的拥抱里
过去的悲欢忽然在眼前
凝结成屹然不动的形体。

我们赞颂那些小昆虫，
它们经过了一次交媾

或是抵御了一次危险，

便结束它们美妙的一生。
我们整个的生命在承受
狂风乍起，彗星的出现。

作者是一个诗人，他的思想与中国的文化没有关系，与西洋的关系也很浅，他是赤裸裸的一个诗人，诗人而又是一个凡人，凡人故不免投降于生活，诗人故不免向往于美丽，这样也便叫做“心为形役”。其与中国传统思想不同者，“形役”也还是美丽，只不免要脱掉一个壳，如作者在《十四行集》第二首里所说“我们安排我们在自然里，像蜕化的蝉蛾把残壳都丢在泥里土里”，但这壳是无法脱掉的，我们不能空口说着“让它化作尘埃”了，所以诗人是自己悲哀的，自己是生活的“小鬼”，故说着“我们准备着深深地领受那些意想不到的奇迹，在漫长的岁月里忽然有彗星的出现，狂风乍起”。这个感情很切实，一点也不空。接着三章都非常之好，是平凡的伟大了，也便是赞美“自然”。诗人的美丽便是这样的自然，不奈人生偏有世俗。我很懂得这首诗的好处，其运用十四行体的好处是使得诗情不呆板，一方面是整齐，而又实在不整齐，好像奇巧的图案一样，一新耳目了。同样的诗情，如果用中国式的排偶写法，一定单调不见精神。我前说讲冯至的诗没有快乐，孰知我将障碍排出去之后，讲起诗来很是快乐了。

一五

看这一队队的驮马
驮来了远方的货物，
水也会冲来一些泥沙
从些不知名的远处，

风从千万里外也会
掠来些他乡的叹息：
我们走过无数的山水，
随时占有，随时又放弃，

仿佛鸟飞翔在空中，
它随时都管领太空，
随时都感到一无所有。
什么是我们的实在？
从远方把些事物带来，
从面前把些事物带走。

一六

我们站立在高高的山巅
化身为一望无边的远景，
化成面前的广漠的平原，
化成平原上交错的蹊径。

哪条路，哪道水，没有关连，
哪阵风，哪片云，没有呼应：
我们走过的城市，山川
都化成了我们的生命。

我们的生长，我们的忧愁
是某某山坡的一棵松树，
是某某城上的一片浓雾；

我们随着风吹，随着水流，
化成平原上交错的蹊径，
化成蹊径上行人的生命。

这两首诗虽是铺张，但我们读着都感得切实，一点也不空泛，十四行体真是有助于诗情了。若用自由体，必不会有这两首诗，必显得诗情不够。但也必须要有诗然后才能借助于形式，不同作旧诗等于作文，旧诗可以越做越好了。冯至在十年二十年的日子里头也只写了二十七首十四行诗，而二十七首并不都好，是可见徒形式决无益于新诗了。这不是形式摆在面前而没有用处么？反之，我们如果否认形式，但决不能否认新诗，你知道我不能写一首好诗么？真是“后生可畏，焉知来者之不如今也！”有人说新诗的范围窄，其实不然，旧诗因为有形式而宽，谁都可以写；新诗因为没有形式而宽，谁都可以写。十四行体是你自己的自由，并不是新诗的形式。

一九

我们招一招手，随着别离
我们的世界便分成两个，
身边感到冷，眼前忽然辽阔，
像刚刚降生的两个婴儿。

啊，一次别离，一次降生，
我们担负着工作的辛苦，
把冷的变成暖，生的变成熟，
各自把个人的世界耘耕，

为了再见，好像初次相逢，
怀着感谢的情怀想过去
像初晤面时忽然感到前生。

一生里有几回春几回冬，
我们只感受时序的轮替，
感受不到人间规定的年龄。

人生本来只有别离时好，再见时好，这时我们不俗！死也就是别离，生也等于再见，这时我们也最有人生的意义，糊涂虫也不至于太糊涂了，也有一份悲喜。至于在一次别离一次降生之间，“我们担负着工作的辛苦，把冷的变成暖，生的变成熟，各自把个人的世界耘耕”，智愚贤不肖诗人与俗人的分别便太大，我们每每习而不觉察了，丝毫未能“怀着感谢的情怀想过去，像初晤面时忽然感到前生”。所以我很喜欢这首诗。首章四行非常之美丽，“像刚刚降生的两个婴儿”，把两个世界写得生动极了。大凡诗人，虽然投降于世俗，总是憧憬于美丽的，在漫长的岁月里当然不会“忽然有彗星的出现，狂风乍起”，却是“随着别离我们的世界便分成两个”，“像刚刚降生的两个婴儿”，所以世界未必不可厌，而“死”每每使得诗人向往了，那里总应该是美丽之乡罢。冯至每每有这个感情，他对于“死”的想象都很好，而这第十九首把“生”也写成一个可爱的婴儿了。我说他对于“死”的想象都很好，因为他确实给了我一个很好的印象，如《十四行集》第二首有云：“我们把我们安排给那个未来的死亡，像一段歌曲，歌声从音乐的身上脱落，归终剩下了音乐的身躯化作一脉的青山默默。”又如《十四行集》附录里面的杂诗有两首我很喜爱，都是写“死”的，现在也附录在这里：

给亡友梁遇春

一

我如今感到，死和老年人
并没有什么密切的关连，
在冬天我们不必区分
昼夜，昼夜都是一样疏淡。
反而是那些黑发朱唇
常常潜伏着死的预感。
你像是一个灿烂的春
沉在夜里，宁静而黑暗。

四

我见过一个生疏的死者，
我从他的面上领悟了死亡，
像在他乡的村庄风雨初过，
我来到时只剩下一片月光——
月光颤动着在那儿叙说
过去风雨里一切的景象。
你的死觉是这般的静默
静默得像我远方的故乡。

我抄了这些赞美“死”的诗，我觉得我能以了解诗人了。诗人本来都是厌世的，“死”才是真正的诗人的故乡，他们以为那里才有美丽。我选的《十四行集》里的诗还有三首。

二一

我们听着狂风里的暴雨
我们在灯光下这样孤单，
我们在这小小的茅屋里
就是和我们用具的中间

也有了千里万里的距离；
铜垆在向往深山的矿苗，
瓷壶在向往江边的陶泥，
它们都像风雨中的飞鸟

各自东西。我们紧紧抱住
好像自身也都不能自主。
狂风把一切都吹入高空

暴雨把一切又淋入泥土，
只剩下这点微弱的灯红
在证实我们生命的暂住。

这首诗的感情真是深厚得很，超逸得很。这首诗的技巧也极佳，我顶喜欢一至五行的句法有趣，接着五行的比兴也真是无以复加了。

二五

案头摆设着用具
架上陈列着书籍，
终日在些静物里

我们不住地思虑。

言语里没有歌声
举动里没有舞蹈，
空空问窗外飞鸟
为什么振翼凌空。

只有睡着的身体
夜静时起了韵律，
空气在身内游戏

海盐在血里游戏——
睡梦里好像听得到
天和海向我们呼叫？

这首诗想得很新奇，而诗的空气还是很质朴，所以很可爱了。

二六

我们天天走着一条熟路
回到我们居住的地方；

但是在这林里面还隐藏
许多小路，又深邃，又生疏。

走一条生的，便有些心慌，
怕越走越远，走入迷途，
但不知不觉从树疏处
忽然望见我们住的地方

像座新的岛屿呈在天边。
我们的身边有多少事物
向我们要求新的发现：

不要觉得一切都已熟悉，
到死时抚摸自己的发肤
生了疑问：这是谁的身体？

这首诗前九行当然都是实感，后五行当然是做出来的，但做也做得恰好。凡属诗文而能说到死，便是匠心制作而也有不自觉的成分了。

我将冯至的《十四行集》讲完了，又有点后悔我对于《十四行集》这个名字不应该起反感，冯至的诗确是因十四行体而好了，他之命名或者有自知之感，岂夸大之感？不过我另外又有一个反感，即是《十四行集》再版自序确不免有夸大之感，我且把话抄在下面：

有些体验，永远在我的脑里再现，有些人物，我不断地从他们那里吸收养分，有些自然现象，它们给我许多启示：我为什么不给他们留下一些感谢的纪念呢？由于这个念头，于是从历史上不朽的人物到无名的村童农妇，从远方的千古的名城到山坡上的飞虫小草，从个人的一小段生活到许多人共同的遭遇，凡是和我的生命发生深切的关连的，对于每件事物我都写出一首诗……

这虽然是事实，但放大了，如果我们不是有这薄薄的一本《十四行集》在手头，能不相信这部诗集有好大好大的篇幅吗？我说这话决不是吹毛求疵，我们还是应该创造新诗的。

十六 《妆台》及其他

我觉得我是能够天下为公的。在我最初编这讲义的时候，好像记得有把我自己的诗也讲它一章的意思，那时要讲的人还多，自己觉得自己的诗也可以一讲了。但这回重写，确是没有讲自己的诗的意思，虽然三十五年我初回北大时，应北大同学之约作了一回关于新诗的公开讲演，讲题是“谈我自己的新诗”。现在离那次讲演又已是一年半了，我对于我自己的诗简直忘记了。因为讲下之琳、林庚、冯至诸人的诗，把他们的诗仔细的读。等到把他们的诗都弄清楚了，乃忽然又记起自己的诗，我觉得我还是应该把它讲一讲。为什么呢？他们的诗都写得很好，我是万不能及的，但我的诗也有他们所不能及的地方，即我的诗是天然的，是偶然的，是整个的不是零星的，不写而还是诗的，他们则是诗人写诗，以诗为事业，正如我写小说。为得这个原故，我应该讲讲我自己的诗了。让我说一句公平话，而且替中国的新诗作一个总评判，像郭沫若的《夕暮》，是新诗的杰作，如果中国的新诗只准我选一首，我只好选它，因为它是天然的，是偶然的，是整个的不是零星的，比我的诗却又容易与人人接近，故我取它而不取我自己的诗。我的诗也因为是天然的，是偶然的，是整个的不是零星的，故又较卞之琳、林庚、冯至的任何诗为完全了。不过我还是喜欢他们的诗。这是天下为公的话。

我将自己的诗选了七首，每首略加解释。

妆台

因为梦里梦见我是个镜子，
沉在海里他将也是个镜子，
一位女郎拾去，
她将放上她的妆台。
因为此地是妆台，
不可有悲哀。

这首诗，首先是林庚替我选的。那时是民国二十年，我忽然写了许多诗，送给朋友们看。有一天有一人提议，把大家的诗，一人选一首，拿来出一本集子，问我选那一首。我不能作答，我不能说那一首最好。换一句话说，最好的总不止一首，不能割爱了。林庚从旁说，他替我选了一首《妆台》。他的话大出乎我的意外，我心里认为我的最好的诗没有《妆台》。然而我连忙承认他的话。这首诗我写得非常之快，只有一二分钟便写好的。当时我忽然有一个感觉，我确实是一个镜子，而且不惜于投海，那么投了海镜子是不会淹死的，正好给一女郎拾去。往下便自然吟成了。两个“因为”，非常之不能做作，来得甚有势力。“因为此地是妆台，不可有悲哀”，本是我写《桥》时的哲学，女子是不可以哭的，哭便不好看，只有小孩子哭很有趣。所以本意在《妆台》上只注重在一个“美”字，林庚或未注意及此，他大约觉得这首诗很悲哀了。我自己如今读之，仿佛也只是感得“此地是妆台，不可有悲哀”之悲哀了。其所以悲哀之故，仿佛女郎不认得这镜子是谁似的。奇怪，在作诗时只注意到照镜子时应该有一个“美”字。

小园

我靠我的小园一角栽了一株花，
花儿长得我心爱了。
我欣然有寄伊之情，
我哀于这不可寄，

我连我这花的名儿都不可说，——
难道是我的坟么？

这首诗只是写得好玩的，心想，年青的人想寄给爱人一件东西，想寄而不可寄才有趣。不可者，总是其中有委曲。然而就文章的表面说，什么东西不可寄呢？栽的一株花不可寄，不能打一个包裹由邮政局里寄去。再一想花也未尝是不可寄的，托人带去不行了吗？只有自己的坟是真不可寄，于是诗便那样写了。及今读之，这首诗同《妆台》一样，仿佛很有哀情似的。我当时写它，只觉得它写得很巧妙，《小园》这个题目也很有趣，这里面栽了有花，而花的名儿就是自己的坟，却是想寄出去，情人怎么忍看这株花呢，忠实的坟呢？那么我现在以一个批评家的眼光来分析，前一首《妆台》里面的镜子，与这一首《小园》里面的坟都是一个东西。这两首诗都是很特别的情诗。不但就一首说是完全的，就两首说也是完全的。这就是说，我的诗是整个的。

海

我立在池岸
望那一朵好花

亭亭玉立
出水妙善，——
“我将永不爱海了！”
荷花微笑道：
“善男子，
花将长在你的海里。”

这首诗，来得非常之容易，而实在有深厚的力量引得它来，其力量可以说是雷声而渊默。我当时自己甚喜欢它。要我选举我自己的一首诗，如果林庚不替我举《妆台》，我恐怕是举这首《海》了。我喜欢它有担当的精神。我喜欢它超脱美丽。“我将永不爱海了！”望着眼前的花而说这一句话，不是真爱海者不会说的。不是真爱花者也不会说这话。谢灵运诗句“池塘生春草”幽美可爱，拙作恰是新诗的境界，海与花会联在一起，一个大海，一朵花，仿佛池塘生春草似的。

掐花

我学一个摘花高处赌身轻，
跑到桃花源岸攀手掐一瓣花儿，
于是我把他一口饮了。

我害怕我将是一个仙人，
大概就跳在水里淹死了。
明月出来吊我，
我欣喜我还是一个凡人
此水不现尸首，
一天好月照彻一溪哀意。

这首诗也是信口吟成的，吟成之后我知道成功它有许多下意识。小时候我常常喜欢站在河边玩，有时看着水急流，头晕了，坠到水里去了，心想，“糟糕，我这回淹死了！”结果只是咕噜咕噜饮了几口水，并没有淹死。所以淹在水里而没有淹死，在我是有着实在的经验。另外我有几次读书的经验，这当然都是做大学生时的事，我喜欢吴梅村“摘花高处赌身轻”这句词，仿佛我也可以往上一跃；另外我读《维摩诘经》僧肇的注解，见其引鸠摩罗什的话，“海有五德，一澄净，不受死尸；……”我很喜欢这个不受死尸的境界，稍后读《大智度论》更有菩萨故意死在海里的故事。许地山有一篇《命命鸟》，写一对情人蹈水而死，两个人向水里走是很美丽的，应是“凌波微步，罗袜生尘”，第二天不识趣的水将尸体浮出，那便臃肿难看了，所以我当时读了很是惆怅。在佛书上看见说海水里不留尸，真使我欢喜赞叹。这些都与我写《掐花》有关系，不过我写时毫不加思索，诗的动机是我忽然觉得我对于生活太认真了，为什么这样认真呢？大可不必，于是仿佛要做一个餐霞之客，饮露之士，心猿意马一跑跑到桃花源去掐一朵花吃了。糟糕，这一来岂不成了仙人吗？我真个有些害怕，因为我确是忠于人生的，于是大概就跳到水里淹死了。只是这个水不浮尸首，自己躲在那里很是美丽。最后一句“一天好月照彻一溪哀意”，只不过是描写，写这里有一个人死了而人不得而知之而已。这一个人或者也是情人，那么这一首《掐花》仍可作《妆台》作《小园》观之，很有趣。我喜欢海不受死尸的典故给我活用了，若没有这个典故这诗便不能写了，然而我写时未曾加思索。“我欣喜我还是一个凡人此水不现尸首”，这是一句，分两行写，“我欣喜我还是一个凡人”下面不要加逗号，这样分行是活的分行。我欣喜我还是一个凡人者，是死了而不现尸首之故也。此首或胜过《海》亦未可知。

上面四首诗都是民国二十年写的。下面三首大概写在二十四五年。

理发店

理发匠的胰子沫

同宇宙不相干，
又好似鱼相忘于江湖。
匠人手下的剃刀
想起人类的理解，
划得许多痕迹。
墙上下等的无线电开了，
是灵魂之吐沫。

这首诗是在理发店里理发的时候吟成的。我还记得那是电灯之下，将要替我刮脸，把胰子沫涂抹我一脸，我忽然向着玻璃看见了，心想，“理发匠，你为什么把我涂抹得这个样子呢？我这个人就是代表真理的，你知道吗？”连忙自己觉得好笑，这同真理一点关系没有。就咱们两人说，理发匠与我，可谓鱼相忘于江湖。这时我真有一种伟大之感。而再一看，把剃刀已经把我脸上划得许多痕迹了。而理发店的收音机忽然开了，下等的音乐，干燥无味，我觉得这些人的精神是庄周说的涸鱼，相濡以沫而已。

街头

行到街头乃有汽车驰过，
乃有邮筒寂寞。

邮筒 PO
乃记不起汽车的号码 x，
乃有阿拉伯数字寂寞，
汽车寂寞，
大街寂寞，
人类寂寞。

这首诗我记得是在护国寺街上吟成的。一辆汽车来了，声势浩大，令我站住。但它连忙过去了，站在我的对面不动的是邮筒，我觉得它于我很是亲切了，它身上的 PO 两个大字母仿佛是两只眼睛，在大街上望着我，令我很有一种寂寞。连忙我又觉得刚才在我面前驰过的汽车寂寞，因为我记不得它的号码了，以后我再遇见还是不认得它了。它到底是什么号码呢？于是我又替那几个阿拉伯数字寂寞，我记不得它是什么数了，白白的遇见我一遭了，于是我很是寂寞，乃吟成这首诗。

寄之琳

我说给江南诗人写一封信去，
乃窥见院子里一株树叶的疏影，
他们写了日午一封信。

我想写一首诗，
犹如日，犹如月，
犹如午阴，
犹如无边落木萧萧下，——
我的诗情没有两个叶子。

这一首诗的诗情我很喜欢，最后一句“我的诗情没有两个叶子”，是因为我用了“无边落木萧萧下”这一句话，怕人家说我的思想里有许多叶子的意思，其实天下事那里有数目可数呢？我们看着一株树叶的疏影，不会说一个叶子两个叶子也。即是不会数一个影子两个影子。

附录

新诗问答*

问　可以谈谈关于新诗的意见么？

答　这倒是我喜欢谈的题目。据我所知道的现在作新诗的青年人，与初期白话诗作者，有着很不同的态度。

问　怎样的不同？

答　他们现在作新诗，只是自己有一种诗的感觉，并不是从一个打倒旧诗的观念出发的，他们与中国旧日的诗词比较生疏，倒是接近西方文学多一点，等到他们稍稍接触中国的诗的文学的时候，他们觉得那很好。他们不以为新诗是旧诗的进步，新诗也只是一种诗。

问　你对于这个态度取着什么意见？

答　我以为这个态度是正确的，可以说是新诗观念的

---

*　见《人间小品》（甲集），一九三五年上海良友图书公司印行。

一个进步。

问　有些初期做新诗的人，现在都不做新诗了，他们反而有点瞧不起新诗似的，不知何故?

答　据我所知道的初期做新诗的人现在确是不做新诗，这是他们的忠实，也是他们的明智，他们是很懂得旧诗的，他们再也没有新诗“热”，他们从实际观察的结果以为未必有一个东西可以叫做“新诗”。

问　看你的口气，对于刚才所说的两方面似乎都表示同意，然则你对于新诗到底取着什么态度？.

答　是的，对于这两方面我都同意，正因为此，我觉得我们才有新诗可谈。然而我首先要谈谈旧诗，我对于新诗能够有我的一点意见，可以说是从旧诗看来的。我所谓旧诗，乃指着中国文学史上整个的诗的文学而说。

问　愿闻其详。

答　要怎样详细的说，我是没有那样的能力的，我只能就我所感得亲切的来说。我觉得中国以往的诗的文学，内容总有变化，虽然总有变化，自然而然的总还是“旧诗”。以前谈诗的人，也并不是不感觉到有一个变化，但他们总以为这是一种“衰”的现象，他们大约以为愈古的愈好。我想这个态度是不合理的。他们不能理会到这是诗的内容的变化，这变化是一定的，这正是时代的精神。好比晚唐人的诗，何以能说不及盛唐呢？他们用同样的方法做诗，文字上并没有变化，只是他们的诗的感觉不同，因之他们的诗我们读着感到不同罢了。古今人头上都是一个月亮，古今人对于月亮的观感却并不是一样的观感，“永夜月同孤”正是杜甫，“明月松间照”正是王维，“举酒邀明月，对影成三人”正是李白。这些诗我们读来都很好，但李商隐的“嫦娥无粉黛”又何尝不好呢？就说不好那也是没有办法的，因为那只是他对于月亮所引起的感觉与以前不同。又好比雨，晚唐人的句子“春雨有五色，洒来花旋成”，这总不是晚唐以前的诗里所有的，以前人对于雨总是“雨中山果落”“春帆细雨来”这一类闲逸的诗兴，到了晚唐人，他却望着天空的雨想到花想到颜色上去了，这也不能不说是很好的想象。我首先所引的李商隐的“嫦娥无粉黛”，也正可以这样解释，他望着月亮，却想到粉白黛绿上去了。感觉的不同，我只能笼统的说是时代的关系。因为这个不同，在一个时代的大诗人手下就能产生前无所有的佳作。我还是拿李商隐来说，我看他的哀愁或者比许多诗人都美，嫦娥窃不老之药以奔月本是一个平常用惯了的典故，他则很亲切的用来做一个象征，其诗有云，“嫦娥应悔偷灵药，碧海青天夜夜心”，我们以现代的眼光去看这诗句，觉得他是深深的感着现实的悲哀，故能表现得美，他好像想象着一个绝代佳人，青天与碧海正好比是女子的镜子，无奈这个永不凋谢的美人只是一位神仙了。难怪他有时又想到那里头并没有脂粉。

问　这样说倒很有趣，只是能够断定这一定是作诗人当时的意思么？

答　这话自然很难说，不过我们可以从他的许多诗看出他的灵魂之一致处。他爱用嫦娥与东方朔的典故，大约前者象征理想，后者象征现实，所以他说“偷桃窃药事难兼”。这还近乎表面的说法，若我们探到灵魂深处，可以窥见他对于颜色的感觉，他的诗中关于“月”与“夜”与“花”的联想似乎很特别，如李花诗有“自明无月夜”之句，白菊有“繁花疑自月中生”，又如“深夜月当花”，“独夜三更月，空庭一树花”，我觉得这样的感觉在以前的唐诗里似少见，杜甫有“暗水流花径”，但杜诗引起读者的联想似乎只在夜里的水流，同“石泉流暗壁”一样的是杜甫的句子，倒是张籍的“夜月红柑树，秋风白藕花”动人颜色之感，至少我个人是如此。李商隐关于牡丹的诗每每说到夜里去了，《僧院牡丹》诗有“粉壁正荡水，缃帏初卷灯”之句，另外有一首《牡丹》，起头用些夜的典故，最后两句，“我是梦中传彩笔，欲书花叶寄朝云”，我想这真当得起西洋批评家所说的 Grand Style，他大约想象这些好看的花朵，虽然是黑夜之中，而颜色自在，好比就是诗人画就的寄给明日的朝阳。这样大抵就是“梦想”，也就是感觉过敏，对于现实太浓，势非跑到天上去不可了。他在另一《牡丹》诗里有两句“应怜萱草淡，却得号忘忧”或者可以帮助我们解释这个意思。倘若我的话不是说得完全无稽，则前人把唐诗分作几期以为气体有盛衰之别，不能说是得其真相，他们何曾理会到内容的变化呢？各时代的诗都可作如是观，三百篇，古诗十九首，魏晋的诗，我们今日接触起来，都感得出这些诗里情感的变化。宋人姜白石的诗我读了也很新鲜（我以为白石词不如诗），觉得这也确不是唐诗里有的。我对于词，也感着一个内容的变化，《花间集》大体说来好比是绘画，宋人词好比是音乐，前者写色，后者写情，南宋人也自有他的内容，好比史邦卿咏雨的句子“临断岸新绿生时，是落红带愁流去”这种情思实在很佳，却好像不是北宋所有的。中国的诗的文学，到词为止，都是令我自然而然的注视其各自的内容，到了元曲，我的看法却不同，我觉得曲，还是诗，但以诗的文学这个标准来论曲，它似乎没有什么特别的内容，只是体裁上由词而变成曲，所以我以为曲还是诗而没有独自的诗的价值，曲在文学史上的价值当以另一个观点去看。总而言之，我以为中国的诗的文学，到宋词为止，内容总有变化，其体裁也刚刚适应其内容，那一些诗人所做的诗都应该算是“新诗”，而这些新诗我想总称之曰“旧诗”，因为他们是运用同一性质的文字。初期提倡白话诗的人，以为旧诗词当中有许多用了白话，因而把那些诗词认为白话诗，我以为那是不对的，旧诗词，即我所称的“旧诗”，实在是在一个性质之下运用文字，那里头的“白话”是同单音字一样的功用，这便是我总称之曰“旧诗”之故。这样的诗的体裁，其所能表现的内容大约已经应有尽有，后人要再做诗填词，恐怕只是照葫芦画样，即算作者是天才，也总是居于被动的地位，体裁是可以模仿的，内容却是没有什么新的了。在另一方面后来有许多新的文学，如明人的散文，明清的小说，而这些新文学家也都做旧诗，他们的诗却并不怎么了不得，这未必是才力的关系。我再换一个说法，我们从散文与小说看来，古人的文章确是渐渐变到白话上来了，而且是有意的，只看《红楼梦》作者在开卷第一回的表明态度便可知道，他要用“贾语村言”，奇怪，曹雪芹偏偏还是做旧诗，这颇是令人纳闷的事情。白话文不待新文学运动已经有人写了，而这些写白话文的人不写白话诗，这好像是我们的新诗一个不好的预兆。这自然只是一句笑话，然而我想这里头或者也包含了一点道理。大凡一种新文学，都是这些新文学的作者有一种欲罢不能的势力然后他们的文学成功，至于他们是有意的或是无意的或者还没有关系，词与小说我想都是如此。这种欲罢不能的势力便成为文学的内容，这个内容每每自然而然的配合了一个形式，相得益彰，于是沛然若决江河莫之能御。说到这里我想把我的话作一个了结，我的重要的话只是这一句：我们的新诗首先要看我们的新诗的内容，形式问题还在其次。旧诗都有旧诗的内容，旧诗的形式都是与其内容适应的，至于文字问题在旧诗系统之下是不成问题的，其运用文字的意识是一致的，一贯下来的，所以我总称之曰旧诗。

问　然则什么是我们的新诗的内容呢？

答　这个我们还得谈旧诗。我说旧诗的内容尽有变化，其运用的文字却是一个性质，然而旧诗之所以成为诗，乃因为旧诗的文字，若旧诗的内容则可以说不是诗的，是散文的。这话骤然听来或者有点奇怪，但请随便拿一首诗来读一下，无论是诗也好，词也好，古体诗也好，今体诗也好，其愈为旧诗的佳作亦愈为散文的情致，这一点好像刚刚同西洋诗相反，西洋诗的文字同散文的文字文法上的区别是很少的，西洋诗所表现的情思与散文的情思则显然是两种。中国诗中，像“前不见古人，后不见来者，念天地之悠悠，独怆然而涕下”，确是诗的内容，然而这种诗正是例外的诗。“姑苏城外寒山寺，夜半钟声到客船”其所以成为诗之故，岂不在于文字么？若察其意义，明明是散文的意义。我先前所引的李商隐的“我是梦中传彩笔，欲书花叶寄朝云”确不是散文的意义而是诗的，但这样的诗的内容用在旧诗便不称，读之反觉其文胜质，他的内容失掉了。这个内容倒是新诗的内容。我的意思便在这里，新诗要别于旧诗而能成立，一定要这个内容是诗的，其文字则要是散文的。旧诗的内容是散文的，其文字则是诗的，不关乎这个诗的文字扩充到白话。

问 你的意思仿佛可以明白，民间的歌谣大约是你所说的“散文的文字”？

答 歌谣确是可以做我们的新诗的参考，我们的歌谣是散文，但我们的歌谣也还能成为韵文，是自然的形成。我们的新诗如果能够自然的形成我们的歌谣那样，那我们的新诗也可以说是有了形式。不过据我的意见这是不大可能的，事实上歌谣一经写出便失却歌谣的生命，而诗人的诗却是要写出来的。写出来，文字上能成为诗，那正是旧诗。所以有人怀疑我们是不是有一个东西可以叫做新诗，那正是从诗的形式上实际观察的结果。

问 难怪你始终只是谈内容，我们的新诗首先要看我们的新诗的内容，原来新诗的诗的形式并没有！

答 我不妨干脆的这样说，新诗的诗的形式并没有。但我相信我们的时代正是有诗的内容的时代，我们的新诗正应该成功，也必得真有我们的新诗出现，我们的新文学才最有意义，单是散文的成绩，我们的新文学未必足以夸过古人，因为我们的散文本可以有一个形式上的成功，那怕文章的实质还赶不上古人。若我们的新诗成功了，我们的散文也必更有新的散文，恐不是一般人所能窥测的。这些话都近乎空话，有些固然是我自己信得过的，有许多则很出乎我的能力之外，不应该谈，其言不达意处，更请原谅。

编后记

《谈新诗》是现代著名作家废名二十世纪三四十年代在北京大学任教时写的讲义。其中前十二章，是抗战前写的讲稿，1944 年由北平新民印书馆印行，是初版本。1984 年 2 月，人民文学出版社再版，仍以“谈新诗”为书名，在原有篇章基础上，增加了作者抗战胜利后创作的《十年诗草》《林庚同朱英诞的新诗》《十四行集》《〈妆台〉及其他》四篇，以及抗战前写的《新诗问答》。本次出版，以人民文学出版社 1984 年 2 月版为底本，修改了个别异体字和标点符号，其他一概从旧。针对书中个别诗句异文，人名、书名不同译法等，加了编者注。为了方便读者阅读，我们专门邀请了当代学者冷霜撰写导读，介绍本书的内容、价值、阅读方法，供读者参考。